La tectonique des

planques

Et autres nouvelles

Guy Torrens

Janvier 2019

A Jean

A Jean-Luc

Perdus de vies

« Mon péché est terrible : j'ai voulu remplir d'étoiles le cœur de l'homme. Et pour cela derrière les barreaux en vingt-deux hivers, j'ai perdu mes printemps. »
Marcos Ana.

« Aucune récompense éternelle ne viendra nous pardonner d'avoir gâché l'aube. »
Jim Morrison.

J'ai appris à haïr. J'ai bu l'eau obscure qui éveille le goût de la vengeance.
Henning Mankell.

Hannah a rendez-vous au restaurant « La Table cinq », une table très prisée. Elle a tout organisé. Il faut bien en finir un jour. Elle regarde son appartement entièrement vide, ellen'a gardé que le grand miroir de l'entrée, un canapé et ses affaires de toilettes.

Elle repense au bric-à-brac, à l'encombrement des meubles, des bibelots, les petits riens quidébordent, un ruban déchiré, une place de théâtre gardée, sans trop savoir pourquoi, un bracelet cassé, une bague à réparer, des boîtes à bijoux, des boîtes à sous, des boîtes à vide.

Elle sourit malgré elle de cette insistance de la trace. Elle avait appelé cette accumulation, le « syndrome de l'écureuil».

Ne pas se perdre, c'est peut-être ça, seulement ça.

Elle avait failli renoncer, mais ses cauchemars l'avaient réveillée.

Ne pas se perdre.

Ils étaient cinq, elle était seule.

Hannah fragile, la peau sur les os, marquée comme un animal au fer rouge. Elle sent encore l'odeur des cris, la sueur du désespoir, la sidération de la peur. Elle retient aussi le silence étourdissant. Elles étaient hors monde. On les avait parquées, humiliées, saccagées et personne n'avait voulu savoir. Même après.

Ils étaient cinq, elle était seule.

Hannah en haillons, disloquée, affamée. Elle regarde sans comprendre les portes ouvertes du camp. Se traîner vers le vide, c'est déjà penser, c'est déjà renaître. On lui parle sans hurler, elle aimerait pleurer, s'effondrer, mais rien ne vient. Elle se saisit du monde, et reste hébétée. Ses premières paroles articulées, difficilement : « Vous les avez eus ? » On lui répond qu'ils se sont tous enfuis, qu'il n'y a plus qu'elle, plus tout à fait vivante, mais pas encore morte. Les autres sont dans des fosses, communes et anonymes.

Ils étaient cinq, elle était seule.

Une vie reprise sur des montagnes de deuils. Hannah n'a pas rebroussé chemin le jour de sa naissance, et ne veut pas tourner le dos à la conscience. Études brillantes, avocate. Un métier de combats.

Où se cachaient- ils ?

C'est la question qu'elle se posait, jusqu'au premier.

Elle n'avait pas eu de mal à le reconnaître. Elle avait fini de plaider une affaire de contentieux international à Buenos Aires et s'était accordée un temps de pause avant de repartir. Ses clients étaient satisfaits, et pour fêter ce succès, l'avaient invitée dans un restaurant chic de la ville. Le dîner avait été d'un ennui agréable, celui qui fait se rencontrer des gens qui n'ont rien à se dire, des moments parenthèses. Le patron s'était approché de la table. Une gifle du passé. C'était un des cinq. Il n'avait pas changé. Même sans son uniforme, elle l'avait reconnu. Le même regard de serpent froid, les lèvres minces, les gestes étriqués et surtout cette voix tranchante, métallique.

Se maîtriser pour ne pas se perdre.

Il ne reconnut pas cette belle jeune femme distinguée, rien de commun avec ces squelettes qu'il avait laissés pourrir. Il n'y pensait même pas, il n'y pensait même plus. Il était sûr de sa puissance. Il la complimenta, elle lui répondit charmante et éblouie. Il se dit que tout était joué.

Le maître odieux était de retour sur la scène encombrée. Il l'invita pour le lendemain soir dans sa résidence et se retira.

De retour dans sa chambre, elle s'effondra. Les portes du camp, les paillasses, les douches mortelles, tout était là, palpable. Elle regarda son matricule, se ressaisit et d'une voix ferme et assurée : « Il ne m'aura pas ! »

7

Dans l'avion qui la ramena à Paris, elle lut et relut la Une du journal de Buenos Aires :

« Un célèbre restaurateur de la capitale retrouvé mort, défenestré. La police a conclu au suicide. » Elle revit encore cette terreur quand il avait compris, et qu'il avait basculé du balcon de sa luxueuse résidence, sans un cri. Le hasard l'avait conduit à lui, elle chercherait les quatre suivants.

Hannah se regarde dans la glace. S'arrange les cheveux. Elle avait toujours porté un soin particulier à sa chevelure, épaisse, noire, une revanche. Ses cheveux sont blancs maintenant mais toujours abondants. Elle imagine qu'après le cinquième, elle les perdra d'un coup, comme un talisman magique qui n'aurait plus d'utilité. Un être de magie, c'était peut-être le secret des survivants. Elle se prépare une tasse de thé, qu'elle boit debout dans la cuisine.

Lisbonne. Un printemps plombé. Une ville figée. Elle l'avait repéré sur une photo officielle. Il continuait ce qu'il savait faire : arrêter, humilier, faire disparaître. Escamoteur d'espoirs. Assassin des âmes nues. Il prospérait entre un commerce florissant de négoce et des basses œuvres pour la PIDE, la police politique de Salazar. L'entreprise était plus risquée pour elle. Elle l'avait contacté par le biais de son négoce qui commençait à avoir des prétentions internationales, et son statut d'avocate d'affaire avait fait le reste. Ils s'étaient rencontrés plusieurs fois. Elle lui avait fait miroiter un marché important et finalement il avait cédé. C'était un être veule, roublard, âpre au gain. Elle l'avait vu arracher des dents en or aux mortes encore chaudes, sans la moindre émotion.
Oui, la partie serait serrée.

Il était venu la chercher à l'aéroport. Elle l'avait exigé sous prétexte de secret professionnel, et comme il avait le sens du complot, il n'avait fait aucune objection.

Il l'avait emmenée dans une maison louée sous un faux nom. Elle n'existait pas.

Se maîtriser pour ne pas se perdre.

Après un repas dans une auberge discrète sur les bords du Tage, le vin aidant, il s'était épanché :

- Dans ce pays je revis, je me sens utile, c'est important pour un homme. Et puis tout est en ordre et j'ai toujours aimé l'ordre, même tout jeune.
- Mais vous n'êtes pas né ici ? Qu'est-ce qui vous a fait partir ?

Il avait laissé un silence, et avait répondu :

- C'était des temps troublés, vous êtes plus jeune que moi et vous ne devez pas vous en souvenir, mais j'avais des ordres, et un soldat ne déroge jamais, une question d'honneur.
- Je comprends, dit-elle. Parfois il vaut mieux tirer un trait sur le passé, et l'oublier comme un cauchemar moisi.
- C'est tout à fait ça, vous êtes d'une grande sagesse, aussi sage que belle.
- Et vous, vous êtes un homme d'honneur.

Le poisson était ferré, restait à l'achever.

Elle reprit sur un ton léger :

- La soirée est tiède, j'aime ces temps de Lisbonne, de douceur océane. Ça vous dirait de faire une promenade le long du fleuve ?

Lui n'en revenait pas, il pensa un instant à son ventre proéminent, ses joues flasques, ses doigts boudinés, et devant les grands yeux de l'autre, les mains manucurées et blanches, et cette chevelure de jais, cette bouche rouge et pulpeuse, il oublia tout.

Les eaux noires et froides du Tage se refermèrent sans bruit et l'emmenèrent jusqu'à l'embouchure. Exit.

Hannah finit de se maquiller, difficile à presque quatre-vingts ans, d'estomper ses rides, sans ressembler à une vieille gravure. Alors elle le fait par petites touches, presqu'en douce, avec le regard qui s'effrite sur une marque blanche d'un ancien tableau accroché depuis toujours. Les objets ne laissent que la marque de leur absence, photographie de poussières. Elle se sent romantique, un brin fragile. Elle met du vernis, ses mains n'ont plus cette pâleur d'éclat, mais elles sont le signe de la vie. Elle se cale sur le canapé.

Le camp. Il lui semble que chaque jour la lumière devient transparente, les couleurs s'éloignent, s'effacent. La plupart de ses compagnes ont disparu, ils ne sont plus que six. Cinq et elle seule. Est-ce que ce chiffre a un sens, ou n'est-ce que le hasard des décès, des évasions, des libérations ? Le camp se vide, les murs se lézardent, des flaques d'eau apparaissent sous les pieds, brusquement. L'eau remonte du sol simplement. Au sens propre, le camp prend l'eau, et il est abandonné. Elle est attachée et oubliée. Elle a envie de couler et de ne plus rien faire. Ils ont dû sentir qu'elle était enfin résignée et ses liens se sont défaits, c'était aussi simple que cela. Accepter l'inacceptable.
Réveil en sursaut. Hannah regarde sa montre, elle a dormi une demi-heure et ce cauchemar !
Accepter l'inacceptable, c'est ce qu'elle a refusé de faire.

« *L'Espagne n'est que le cri de ma douleur qui rêve.* » Elle se répétait ces vers de Marcos Ana et avait l'impression qu'ils parlaient d'elle. Le vieux dictateur venait de mourir et Carabanchel la Sinistre avec lui.

Le troisième se terrait à l'ombre de ces murs terribles, pas en tant que prisonnier, en tant que bourreau, mais un bourreau déglingué, apeuré, alcoolique, rongé de l'inconnu qui s'ouvrait devant lui. Ce n'étaient pas les remords qui l'avaient fait sombrer, mais cette liberté, qui le faisait penser à fuir.

Elle s'était présentée à lui comme une planche de salut, celle qui pouvait le rendre à sa violence primale, elle lui avait fait miroiter des dictatures lointaines, sans danger pour lui, sans communistes, sans juifs, sans homosexuels, sans tsiganes. Il avait dit oui, entre deux hoquets de vin bon marché. Devant une telle loque, elle avait eu un instant de compassion, mais elle sentait encore la brûlure de son matricule et sa voix mielleuse qui lui disait : « Tu n'as plus de nom, tu n'es plus rien, tu ne répondras qu'à ton numéro, une juive n'existe pas ! » alors elle s'était assise face à lui dans son appartement minable qui sentait la sueur aigre et le linge sale. Elle lui avait dit :

- Tu m'as ouvert ta porte avec toute ta lâcheté, mais maintenant tu vas m'écouter. Tu es le troisième à basculer, vous étiez cinq et j'étais seule. Rappelle-toi « *Arbeitmachtfrei* »et la petite fille en loque et rasée, qui vous faisait rire, tellement elle titubait de faim, tellement elle tremblait de peur. Rappelle-toi de la chair marquée, des bêtes pour l'abattoir. Le numéro je le connais par cœur maintenant et je peux te le réciter. Tu veux ?

Il dit non en secouant la tête et entre deux sanglots d'ivrogne il balbutia :

Je m'excuse, je regrette, je regrette, mais je n'ai fait qu'obéir aux ordres, qu'obéir aux ordres.

Elle lui répondit d'un ton cinglant :
Je sais, je connais la rengaine, les autres me l'ont déjà servi.
Personne n'est responsable de rien, et on massacre dans le
confort. On torture, et on rentre chez soi embrasser ses
enfants, et tout va bien. Vous avez saccagé mon enfance et
la suite. Il faut un but à la vie, et le mien, c'était de ne pas
accepter.
Elle se leva avec un dernier regard sur l'autre effondré et
sortit. Dans la rue, elle entendit comme un bruit de pétard,
et le silence. Les jours d'errance sont des meurtres.

Le soleil froid sur le Danube à moitié gelé. Des grappes
d'oiseaux russes sur les arbres dépouillés, la nostalgie des
croix noires, dans le cimetière des suicidés. Hannah n'en
revenait pas de ce décor viennois. Elle n'aimait pas la neige,
ni le froid. Elle avait fait le déplacement pour vérifier que
c'était bien lui. Accident de voiture. Elle l'avait appris par la
presse. Un personnage connu du showbiz, fait toujours la
Une.
Elle s'était rendue chez la veuve, pour présenter ses
condoléances. Elle avait dit, qu'ils avaient été proches dans
leur jeunesse, et qu'ils s'étaient perdus de vue. Elle pensa à
perdus de vie, et le garda pour elle. Elle demanda à se
recueillir devant le corps. Il avait vieilli et paraissait serein
dans son cercueil capitonné. Il aurait le droit aux honneurs,
et tout le monde oublierait. Après la visite, elle eut
l'impulsion de retourner voir la veuve, de lui raconter, de
tout lui raconter, mais peut-être que l'autre savait déjà. Elle
rentra à son hôtel face à l'église Saint Etienne, seulement
pour la chanson de Barbara. Les ombres disparaissaient
dans la brume glaciale des matins gris du camp. Il en restait
encore un.

Hannah finit de se préparer. Il est presque l'heure du rendez-vous. Elle est émue. L'achèvement. Ils avaient partagé un site de rencontres pour vieux célibataires. Il avait parlé de sa solitude de veuf, et avait dit qu'il cherchait une compagne pour combler ses dernières années. Elle lui avait parlé de ses échecs amoureux, de son besoin de soutien, de son besoin de tendresse. Elle avait été convaincante. Il l'avait crue. Ils avaient échangé des photos de vieillesse, des photos de jeunesse, il ne l'avait pas reconnue, elle oui. C'était le chef. Elle lui avait donné rendez-vous au restaurant « la Table cinq » pour le symbole.

Ils étaient cinq Hannah était seule.

Dix-neuf heures Hannah est devant le restaurant, légèrement en avance. Elle aime repérer les lieux, au cas où. La nuit commence à tomber. Elle frissonne de l'attente. Les lampadaires s'allument. Ils lui font penser à des têtes de chats. Une vielle dame drapée dans sa solitude, personne ne pourrait soupçonner le dénouement d'une histoire d'extermination, commencée à l'ombre des miradors. Près d'elle à faire les cent pas, un jeune homme. Elle le reconnait. C'est lui. Elle se dit : « comment est-ce possible ?». Le jeune homme s'approche d'elle timidement. Elle a envie de fuir, et puis la voix du garçon, douce, à l'accent chantant, une caresse de vie.

- Madame Hannah ?
- Oui, c'est moi.
- Mon grand-père ne viendra pas, ne viendra plus. Il est mort hier, crise cardiaque et j'ai trouvé le message de votre rendez-vous. Je suis venu pour que vous n'attendiez pas inutilement. Il a assez fait de mal.

Hannah reste muette. Elle retient la dernière phrase. Il sait tout, et à voix très basse, elle répond :

Oui, il a assez fait de mal et vous, vous avez le droit de votre vie.

Elle rajoute presque joyeusement :

Le repas est payé, c'est un très bon restaurant. Allez-y avec qui vous voulez, je vous l'offre. Ce n'est pas tous les jours qu'on enterre le passé et qu'on laisse une chance à l'avenir.

Ils étaient cinq et Hannah était seule.

La routine

Mourir c'est laisser derrière soi une bombe à raser à moitié vide.
Haruki Murakami. La fin des temps.

Réponds, « absent », toi-même, sinon tu risques de ne pas être compris.
René Char. Dans l'atelier du poète.

« *C'était un temps déraisonnable, on avait mis les morts à table, on prenait les loups pour deschiens.* » C'était le chant du Père Lachaise qui l'envahissait, quand il longeait le mur. Pas d'autres explications.

Il n'était jamais entré dans l'enceinte. En règle générale, il évitait les cimetières, faisait un détour à la vue d'un convoi funéraire, n'allait jamais à aucun enterrement ou crémation. En ne pensant pas à la mort, il s'était dit qu'elle finirait par l'oublier.

Une vie bien réglée n'est-elle pas un gage de longévité ? Et celle de Jacques B était un exemple :

Lever 6heures, déjeuner 6heures 20, évacuations 6heures 45, douche 7heures, départ 7heures 15, retour 19heures par le même chemin, sans jamais dévier. Aucun ami, relations sexuelles, deux fois par mois, pour l'hygiène, aucune famille.

Fin novembre pluvieuse, un message étrange en pleine tête, en même temps que la ritournelle :

« *L'histoire d'un homme n'est que ce voyage absurde vers la déraison.* »

« *Les ombres n'ont plus de corps, elles glissent dans les blancs de la nuit, achevées par l'amour solitaire.* »

« *Je vous attends le 31 à minuit, tombe AlexandreM, carré 63, Avenue de l'Ouest sur la gauche, par la Porte des Amandiers et je ne suis visible que la nuit.* »

C'était une ombre légère, sans soucis, un fantôme inconnu.

Quand il était en vie, il avait fait les 400 coups, et ses nuits passaient tellement vite, qu'il n'avait même plus compté ses jours. Drogues, sexe and rock. Le seul programme qu'il connaissait.

Le *dérèglement des sens*, des mots qu'il se répétait, et il était allé jusqu'au bout.

Il n'avait rien de célèbre, musicien de deuxième zone, poète de troisième zone, il se demandait comment il avait abouti dans ce cimetière, où toute la crème se donnait rendez-vous post mortem, et ce n'était pas une sinécure. Même dans l'état où ils étaient, ils manquaient totalement d'humour, et se la pétaient grave. Ils ou elles prenaient des pauses de déterrés, toujours dans le regret, toujours dans les souvenirs, à se soucier de qui venait les voir, « et moi j'en ai plus que toi », « ma tombe est plus fleurie », « ils se frottent plus à ma pierre qu'à la tienne. » Des jérémiades stupides, et perpétuelles forcément. Il s'était un temps rapproché de *Morrison*, d'abord parce qu'il aimait les *Doors,* il voulait le connaître un peu mieux, mais l'autre avait dû tellement en avoir marre des louanges pendant sa vie, que *le roi Lézard* s'était renfermé dans sa tombe et ne sortait que rarement. Ça, c'était pour les morts.

Il s'était dit que les vivants allaient peut-être le distraire. Les gothiques de tous poils amateurs de sensations fortes, déguisés en vampires décadents, écoutant des morceaux de *Christian Death*, des *Virgin Prunes*, l'avaient amusé un temps. Ils finissaient régulièrement en vomissant l'alcool et les drogues ingérées, ou en baisant sur les tombes, ou les deux à la fois, et ils rentraient après, sagement se démaquiller, avant d'aller au boulot. Pathétiques.

Ceux qui l'avaient réjoui, c'était les satanistes. Là, on entrait dans le grand guignol, cœurs de veaux sanguinolents, prières absurdes, et ils auraient pu prier jusqu'à tomber en poussière, avantque le moindre démon, n'ait pointé le bout de son mufle. C'était incroyable l'imaginaire des vivants, sur l'univers de la mort, Dieu, Diable, Anges, Vampires, Goules, alors qu'il n'y a rien et que la vie d'un spectre tourne en rond mais très vite. On revient au point de départ avant d'avoir dit ouf.

Quand il eut fait le tour du manège délirant, des nécrophiles, des ados boutonneux amateurs de Twilight, des pisse-vinaigres, des purificateurs, des loups sans garous, des profanateurs, des chercheurs de turgescence perdue, des romantiques à deux balles, il s'était retrouvé seul, absolument seul.

Un matin (les morts ne dorment jamais), il avait senti une présence grise sur la rue, il avait été intrigué par le vide qui émanait de ce corps chaud, il l'avait attendu et l'autre était repassé, le soir vers 19 heures, en sens inverse, mécanique impeccable et depuis un mois matin et soir, il sentait cette non présence, déambuler de l'autre côté à heures fixes. Il lui avait mis en tête le poème d'Aragon chanté par Ferré, et l'autre le récitait à chaque fois qu'il longeait le mur. Un premier pas vers la fin de l'ennui, ou un espoir de retour. Il fallait à tout prix le faire venir, lui ne pouvait pas sortir, la république des morts était très stricte sur ce point, on pouvait hanter une maison ou un lieu public, à condition de n'être pas attaché à une sépulture, et lui il en avait une, minable certes, mais il en avait une. Après le poème, il lui avait envoyé un message, avait donné rendez-vous. La nuit du 31 approchait.

Quand il avait perçu le message, Jacques B s'était dit qu'il avait rêvé, mais comme il ne rêvait jamais, il chercha en vain une autre explication, et comme la chanson, il s'était mis à entendre régulièrement cette invitation. Il avait mis ça sur le compte d'une fatigue passagère, un début de dépression, mais au fur et à mesure que l'échéance approchait, il s'était senti nerveux, curieux, déréglé avec des brusques sautes d'humeur. Il avait des nuits agitées, des masturbations compulsives, des douches trop froides ou trop chaudes, des tartines qui brûlaient, des repas qui sautaient, un samedi, il avait même oublié de se raser. Il avait acheté des manuels d'ésotérisme qui ne lui donnaient aucune piste, aucune explication et toujours ces mêmes mots à proximité du Père Lachaise, des mots à rendre fou. Il fallait que ça cesse.

Seule solution, se rendre au rendez-vous.

Mais comment s'habiller ? Avec une cape noire et rouge, un casque à cornes, ou tout simplement comme il était, ton sur ton, gris sur gris, un bonnet de laine, des gants et une écharpe (il était fragile des bronches).

Le soir du 31, il se pointa en fin d'après-midi, se laissa enfermer sans problème. Il constata qu'il n'était pas seul, et que ça bougeait dans tous les sens. Il s'était procuré un plan, et arriva sans trop de difficultés à la tombe indiquée. Une pauvre petite tombe, coincée entre deux palais mortuaires, avec cette épitaphe : *Ci gît Alexandre M. 1965-2000. Il n'y a pas de sursis à l'orgasme.*

Il eut du mal à la lire, les lumières de la ville éclairaient très faiblement, comme des veilleuses sur le point de s'éteindre. Ses yeux s'habituèrent à l'obscurité. Il s'étonna de ne pas avoir peur. Il entendit un chat miauler et s'enfuir. Il regarda de nouveau la tombe, il vit une vague forme, un peu comme une grosse luciole. Il s'approcha. Un cri d'oiseau. Il pensa au courlis, il avait lu enfant dans un récit de Jean Ray *« Le gardien du cimetière »* que cet oiseau annonçait la mort imminente de celui qui l'entendait. Ça l'avait terrifié. Mais il n'était plus un enfant. Une voix derrière lui

Non, ce n'est pas moi, c'est un leurre, un errant.

Il se retourna. Il vit un homme de son âge, dans la fin de la trentaine, une silhouette dessinée au fusain et gommée. Il eut du mal à distinguer ses traits.

- C'est donc vous qui me poursuiviez depuis tout ce temps ? demanda Jacques B.
- D'abord je ne vous ai pas poursuivi, et ça ne fait pas si longtemps, mais c'est vrai que je perds la notion, répondit l'apparition.
- Qu'est que vous me voulez ?
- Boire votre ennui.

Il trouva cet Alexandre M un peu gonflé, de quoi se mêlait-il ?

- Et si cet ennui comme vous dites, c'était la vie que j'ai choisie ?
- Si vous en êtes absolument sûr, je vous laisserai partir et on ne se reverra plus jamais, vous aurez fait un mauvais rêve, comme disaient les grecs anciens, je ne serais qu'un Songe Funeste. Mais vous avez réagi au cri de l'oiseau de nuit, et je vous rassure, ce n'est pas le courlis, un volatile quelconque, sans avenir mythique. Mais votre âme s'est réveillée, avec vos peurs enfouies.
- Vous étiez psy quand vous étiez vivant ? ironisa Jacques B.

Le fantôme émit un gargouillis, une sorte de rire.

- Non rien de tout ça, j'étais même l'inverse.
- Alors vous êtes un psychopathe qui n'en peut plus de se morfondre, et qui veut m'utiliser comme instrument de sa vengeance ?
- Quelle imagination ! Psychopathe me plaît bien, mais je n'ai aucun goût pour la violence et le meurtre.
- Alors qu'est-ce que vous me voulez ?
- Rompre votre solitude, et enrichir la mienne. Et puis avoir des nouvelles de l'au-delà.
- Mais c'est vous qui êtes dans l'au-delà ?

- Je ne parlais pas de ça, je parlais de l'au-delà du mur.
- Pourtant avec toutes les célébrités dans le coin, vous ne devez pas vous ennuyer, ils en ont des choses à raconter.

Le spectre haussa les épaules.

- C'est très surfait, une bande de snobs coincés dans leur égo. Vite lassant. Non, ce que je veux que tu me racontes, tu permets que je te tutoie ?

Jacques B hocha la tête, l'autre reprit :

- Ce que je veux que tu me racontes, que tu me dises, ce que ça fait une vie, à ne rien voir, une vie à n'être que sur des rails imposés, une vie où on te dit de faire ça, et tu fais ça, une vie de premier communiant, une vie sans écart. Je vais te raconter une anecdote.
- Imagine une fabrique de mannequin au sud du Ring, tout près de Karlsplatz. C'est à Vienne, oui excuse-moi, je ne me rappelais plus que tes seuls voyages, étaient sur la ligne B du RER. Donc imagine une fabrique de mannequins, dans ce lieu exotique. Le maître des lieux s'appelait Otto Z. C'était la tribu des Z. C'était un petit homme replet, aux cheveux blonds en broussaille, aussi blanc que ses mannequins. Il affectionnait les vêtements aléatoires, et ressemblait à un patchwork vivant. Il avait des yeux bleus de porcelaine, des lèvres épaisses, très rouges. Il parlait de manière hachée, en ponctuant de « hm » fréquents. Il était toujours installé à un énorme bureau en acajou sur des pattes de lion, et autour de lui un enchevêtrement de bras, de jambes, de torses, de têtes dans des petites boites en carton, des yeux multicolores, et des perruques,

on se serait cru chez le dernier dépeceur. Mais ce n'était pas ça. C'était un artiste hors pair. Il observait les hommes et les femmes, et à partir de là, il les reconstruisait, à l'envers, à l'endroit, la tête à la place du cul, des mains au bout des jambes, il créait un univers extravagant. Tu me demandes pourquoi il s'appelait seulement Z ? C'est la dernière lettre de l'alphabet, la dernière marche avant l'effacement. Logique. Il rêvait une humanité déconstruite, et c'est le feu qui a eu le dernier mot. Usine en fumée, les mannequins envolés et Otto qui doit traîner dans cette ville aux cimetières baroques. Je te raconte ça, parce que ce type m'a fait voir la différence entre notre enveloppe et ce que nous sommes. Nous ne sommes que des métaphores ambulantes, et le temps s'estompe dès qu'on tente de le saisir.

Un silence d'aurore s'étendit entre les tombes. Les chats peureux se terraient dans les caveaux défoncés, quelques chants d'oiseaux matinaux, et le vent froid de l'hiver remuait doucement les ifs, comme des bouquets de cendres.

Jacques B n'osait pas prendre congé de son hôte, mais il commençait à se geler. Ce dernier s'en aperçut et lui dit :

-   Tu devrais rentrer maintenant, j'ai oublié le froid, et je ne voudrais pas que tu attrapes la mort, je plaisante. Si tu l'attrapais, il ne resterait que des êtres éternels qui se tueraient encore et encore juste pour le fun, je plaisante encore. Mais on est d'accord, tu reviendras me dire à quoi ressemble une vie grise et sans éclat ?

L'autre répondit qu'il reviendrait. Mais quand ?

- Quand tu veux, je ne bouge pas de là. Et au fait bonne année !

Les jours devinrent des semaines, les semaines des mois. Les rendez-vous espacés au début, se firent quotidiens et lui qui avait évité tout commerce avec la mort, devint un habitué des lieux. Il attendait même avec impatience ses rencontres nocturnes. Il rencontrait d'autres spectres qui le saluaient, qui taillaient un bout de gras avec lui, mais qui le laissaient quand son hôte arrivait. Le rituel était immuable et ça lui convenait.

L'autre lui demandait : « Quoi de neuf ? »

Et il répondait : « La routine », en illustrant par des anecdotes insipides et des faits insignifiants, comme une voyageuse qui avait cassé un talon en courant et qui marchait en boitant, et du coup avait raté son train, ou alors un courrier en retard parce que le facteur s'était trompé d'adresse, ou bien des céleris à la cantine au lieu de carottes, une ampoule neuve qui grille instantanément, un robinet qui fuit, un chien qui aboie toute la nuit, un type le matin en costard et pantoufles, et qui remonte en courant se changer. Plus il parlait de la futilité des choses, plus il comprenait le message du début de la rencontre :

« L'histoire d'un homme n'est qu'un voyage absurde vers la déraison.»

Il attendit le 31 de l'année suivante pour mettre fin à son histoire. Le 1er janvier on le retrouva pendu dans son appartement. Il avait seulement oublié une chose c'est qu'il était déjà mort, mort d'ennui.

Minuit sonnant

Il faut se détourner des choses comme des gens et ne regarder que dans les miroirs, car ceux-ci ne nous montrent que des masques.
Oscar Wilde.

Les hommes en général deviennent vils par degrés. Mais moi toute vertu s'est détachée de moi en une minute, d'un seul coup comme un manteau.
Edgar Poe.

Avide, âpre au gain, sans âme, sans pitié, arrogant. C'est ce qu'on dit de moi. Je suis sûrement cela et plus encore. Un patron qui veut jouir de son fric au plus vite. Après c'est mort. Vulgaire et cynique, c'est ce qu'ils ont oublié d'écrire sur leurs banderoles minables dans l'usine occupée. Mais je n'ai rien lâché. Ce soir, ils iront se plaindre ailleurs, ce soir c'est le grand chambardement. Ils chantent « *du passé faisons table rase* » en bouffant leurs sandwichs-merguez, pourtant c'est ce que j'ai fait. Pendant que je vide mon bureau, je les entends gueuler. La nuit tombe. Un épais brouillard entoure brusquement le bâtiment, et un silence total. Je frissonne. Je me lève pour prendre une veste et me trouve nez à nez avec l'équipe de nuit au grand complet, sans savoir par où ils sont entrés.

Ils sont là à me regarder comme des imbéciles quand un jeune gars, prénommé Jonathan et qui travaille ici depuis une dizaine d'année, s'avance. S'ils comptent m'intimider avec leurs airs de zombies, ils se trompent lourdement. Je leur ordonne de partir quand Jonathan me fait asseoir. Sa voix est tellement tranchante que je reste paralysé et m'effondre sur la chaise. Il se plante devant le bureau et calmement m'expose leurs revendications : l'arrêt des licenciements et l'arrêt de la délocalisation. Ni plus ni moins. Je vais lui répondre qu'il n'y a plus rien à négocier mais son regard est d'une telle férocité que je me sens glacé jusqu'aux os, j'en ai les poils hérissés, mais je tente de garder un semblant de calme et je fais un geste aimable pour lui indiquer que je l'écoute.

« Vous me donnez quel âge ? » Je me dis que ça commence bien et que la soirée va être très longue. « Répondez ! » de nouveau la Voix. Je le regarde et dit : « 22, 23 ans, je ne suis pas doué sur les âges » « A peu près cinq siècles à dix ans près ! Ce qui est fou, c'est que ça fait dix ans que je bosse chez vous et que vous n'avez pas remarqué que je n'ai pas vieilli, ce qui en dit long sur votre intérêt pour ceux qui travaillent pour vous. »

Je l'arrête et lui sors le couplet sur l'intérêt que je porte à chacun de mes employés mais que les charges, la concurrence, la mondialisation, m'ont éloigné de mes ouvriers. Pour peu j'y croirai. Il a les yeux injectés et il fait un bruit étrange avec ses dents et je remarque son extrême pâleur. Je commence à être inquiet, d'autant que les autres s'avancent. Il règne dans ce bureau une ambiance délétère. Je cherche instinctivement une issue de secours mais rien. Je suis coincé, alors autant en finir et les écouter. « Continuez, dis-je d'une voix étranglée. Les autres reculent un peu et Jonathan commence :

« Je ne sais plus qui disait que l'éternité c'est long surtout vers la fin, c'est tout à fait ça. Pourtant tout aurait pu tourner autrement. Né dans le berceau même du vampirisme, la Transylvanie. Tout près de la demeure du maître lui-même. Dracula. Autant vous dire que je ne l'ai jamais rencontré. La lutte des classes existe aussi chez les êtres de la nuit et le gratin ne se mélange pas en principe au bas peuple ou alors c'est pour le bouffer tout cru et pas pour en faire des congénères. De toute les manières, c'était un imposteur, le premier ce n'était pas lui mais la Reine Blanche qui est figée dans les glaces du nord, une sorte de Louise Michel de la mort. Bref mes parents étaient des loqueteux, avec des enfants comme s'il en pleuvait. Je ne sais pas quel est mon rang de sortie et eux ne devait pas le savoir non plus. D'abord, ils ne savaient pas compter et puis les gosses sont des espèces mouvantes. Ils disparaissaient comme ça, sans rien dire, enlevés, dévorés, perdus, qui sait ? En plus des vampires, il y avait aussi des hordes de loups garous et des démons de toutes les catégories, c'était le pays rêvé, une sorte de bouche de l'enfer. Je ne sais même plus si ce sont eux qui m'ont appelé Jonathan. J'ai grandi à la va comme je te pousse. Je devais avoir seize ans ou dix-sept ans et plutôt beau garçon et un soir, j'étais non loin de la masure à ramasser du bois pour faire du feu quand je croisai la route d'un très beau jeune homme. Mon sang ne fit qu'un tour. Je tombai en un instant éperdument amoureux. C'était sûrement avec le recul de cinq siècles, une histoire d'hormones, mais l'amour ce n'est peut-être que ça, phéromones et compagnie. Ce jeune homme s'arrêta, me regarda avec un intérêt évident. Il me détaillait et moi je tremblais. Il me demanda si j'étais seul ou perdu, d'une voix à peine audible, je lui dis que je faisais mes tâches et que j'habitais là avec mes parents. Il descendit de cheval, s'approcha de moi en ayant soin de ne pas se salir les bottes et me demanda si je voulais rentrer à son service. Un oui enthousiaste sortit de ma poitrine juvénile. Ma vie de merde était finie, du moins je le croyais. Il rentra dans la cahute en se bouchant le nez, m'acheta, pour trois fois rien et m'emmena. Aussi simple que ça. Mes parents ne devaient plus se souvenir que j'existais et ils avaient de quoi manger et boire, surtout boire pour quelques temps. Julien, c'était son prénom, n'était pas un seigneur, seulement un jeune soldat de bonne famille, qui avait été mis à l'index à cause de ses mœurs. Il vivait dans une belle demeure qu'il payait avec la pension que lui versait ses parents pour éteindre tout scandale. Au début la vie était simple, je m'occupais de son ménage, de ses vêtements, j'étais bien nourri et je ne ressemblais plus à un échalas efflanqué au bord de la crise de nerfs. Il ne m'avait fait aucune avance. Il ne débarquait pas dans ma chambre, ni quand je prenais un bain. Le temps commençait à être long. Je prenais mon mal en patience mais le coup de foudre commençait à devenir, légèrement froid. Il avait dû s'en apercevoir. Un soir où il avait décidé de rester, il me fit venir dans sa chambre. Je m'en souviens très bien. La nuit était sombre et orageuse, les branches du grand chêne frappaient les vitres et me faisaient sursauter. Il y avait quelques chandelles allumées. Il me fit asseoir sur son lit. Il ne me quitta pas des yeux pendant qu'il me déshabillait. Et là, là…on peut dire que j'ai basculé ; le lendemain j'étais dans mon lit, un peu faible et encore tout étonné de la veille. J'avais deux petites morsures sous le poignet gauche, je n'y fis pas attention, me disant que j'avais certainement dû me blesser. La vie prit une autre tournure. Julien ne sortait plus et tous les soirs, le même rite et le matin de plus en plus faible, jusqu'à la dernière nuit. Il me raconta tout de lui. Il me dit que c'était la dernière étape, celle de la grande nuit et de la renaissance. Il me donna le choix de refuser. J'acceptai, par amour ou par curiosité et par orgueil aussi. Tout se passa comme prévu, une grande glissade vers l'oubli, et le réveil. Ce qui me frappa ce fût la force inouïe que je ressentais. J'étais un Vampire. »

Jonathan marque une pause. Je suis stupéfait et malgré toutes mes réticences, je commence à le croire et mon malaise se transforme en terreur. Par réflexe, je sors ma croix de naissance. Il se met à rire, les autres ricanent. J'entends presque leurs canines pousser.

« Votre crucifix est ridicule et vous auriez pu pendre de l'ail partout, ou m'asperger d'eau bénite que je n'aurais pas bougé d'un pouce. Et bénie par qui ? N'oubliez pas que les hommes des cavernes ont inventé les dieux pour s'expliquer la foudre, la pluie, la neige et tout ce qu'ils ne comprenaient pas. On en sait un peu plus mais on s'accroche toujours à ses mythes. Fadaises, foutaises, comme on disait avant, conneries, bouffonneries, comme on dirait maintenant. C'est moins fluide mais plus précis. Julien et moi sommes restés longtemps ensemble, mais comme les vieux couples, à force, on se lasse et comme ce n'était dans le tempérament ni de l'un ni de l'autre, nous nous séparâmes bons amis et je l'ai revu de temps en temps, de siècles en siècles avec plaisir. On n'oublie pas sa première morsure surtout quand elle a été faite avec tendresse. Lui était plus casanier et il bougea peu de son pays natal, moi j'étais un vampire errant et révolutionnaire. Une nouvelle espèce. Suis parti de Transylvanie et ai émigré. Une sorte de rom, mais nocturne essentiellement. J'ai participé à toutes les révolutions. Pour me faire la main, la Révolution Française. J'ai raté Robespierre d'un poil, mais d'autres sanguinaires ont été plus rapides, ils avaient en commun ce goût irrépressible du meurtre de masse. J'ai cru sincèrement à la révolution russe, enfin un grand projet pour l'humanité, et je me suis engagé auprès des anarchistes, ceux qui me ressemblaient le plus. J'ai mis mes canines au repos. La fin fut apocalyptique et j'ai perdu le fil de l'espoir. Entre la boucherie de 14-18, l'holocauste nazi, les goulags staliniens, les fous de Dieu, ce n'était plus l'odeur du sang, mais une odeur de merde qui montait de ces humains. Il y avait bien quelques îlots de pensées au milieu de cette mer putride, mais rien designificatif. Je me suis éloigné de tout, seulement la compagnie des rescapés de l'indignité et de la sauvagerie. Nous étions devenus des vampires dépressifs, même les loups garous hésitaient à courir la lande, de peur qu'un chasseur aviné ne les descende. J'ai revu Julien à cette époque, il était dans le même état que moi, bien qu'ayant choisi des chemins différents, plutôt dans la création, manager de différents groupes de rock, comme le *Velvet Underground* ou *David Bowie*, pour ce dernier j'ai cru longtemps que Julien l'avait transformé mais sa mort m'a donné tort, dommage. En fait je crois que nous sommes incapables de créer, justement à cause de notre immortalité, il n'y a pas d'urgence, alors on se laisse aller. La dépression ne dure pas longtemps chez nous, une petite vingtaine d'années, autant dire rien. Je me suis remis dans le bain, et c'est là que je suis rentré comme apprenti chez vous. »

Je lève la main pour l'arrêter et lui dit que j'ai soif. Il me répond qu'eux aussi ont soif, une soif inextinguible, une soif d'outre monde. Il va se jeter sur moi, c'est sûr, mais à mon grand soulagement, il me sert un verre de bourbon et reprend :

« Maintenant que votre entreprise est prospère Monsieur Van Helsing, vous vous êtes mis en tête de fermer, de délocaliser comme vous dites et où ? Ironie de l'histoire, précisément en Transylvanie. Le pays que votre arrière-grand-père avait fui à cause de nous, les Vampires.

Il n'y a rien à négocier, c'est ce que vous avez dit. Vous avez raison, *sauf votre vie*. Vous tremblez et là encore je vous comprends, mais j'ai cessé la compassion au siècle dernier. Minuit sonne. Vous ne rentrerez peut-être pas chez vous.

Minuit sonnant, un jeu d'enfant pour se faire peur. La pièce est plongée dans le noir et un joueur crie, minuit sonnant et tous les enfants se cachent avec cette douce angoisse au creux du ventre, d'échapper à celui qui cherche à tâtons. Vous n'y avez jamais joué ? Dommage, mais c'est vrai que les travaux de nuit ne vous passionnaient pas, quand vous arriviez le matin tout était nickel, et peu vous importait de connaître la vie de ces veilleurs de nuit, je parlerai maintenant de veilleurs d'âmes, leurs salaires minables ; leurs amours décalés, et pourtant ils existent et vous les avez tous devant vous. Regardez comme leurs yeux brillent. Oui, nous sommes tous des Vampires, mais des Vampires syndicalistes. Et je vous les présenterais bien un à un si j'avais le temps. Mais il va falloir vous décider. Vous signez l'arrêt de la vente et des licenciements ? » Je capitule. Ils ont gagné. Je vais même plus loin. Je leur laisse tout, absolument tout. L'accord à peine paraphé, mes visiteurs s'évaporent. J'entends des cris de joie dehors et des chants de victoire. Encore tremblant, je rentre chez moi. En traversant la cour de l'usine, j'assiste à un spectacle rare, digne de la patrouille de France, un vol compact de chauves-souris.

La tectonique des planques

Il y a un énorme blanc
Dessus
Dessous
De côté
Partout
Le blanc de deuil

Henri Michaux. A distance.

En chacun de nous sommeille un étranger au visage inconnu. Il vous entretient par le truchement du rêve et nous fait savoir combien la vision qu'il a de nous diffère dans laquelle nous nous complaisons.

Carl Gustav Jung. L'homme à la découverte de son âme.

Enfin dans un endroit où personne ne me trouvera. Déglingué, fatigué, usé jusqu'à la trame.

Barré vif d'une histoire qui m'échappe. L'appel du large. Marcher n'importe où. N'importe comment. Un cri. Un feulement plutôt, mais j'avais un couteau à portée de la main et…Barré, les mains en sang. Aucun souvenir. Tout tremble, les jambes se dérobent. Des sirènes. Cours, cours, cours. Des yeux étranges, des regards-guillotines. Obsession. Trouver une planque. Genre cave humide pour cloporte indus. Ai pensé à Johny le Gros. Une pipe, un sourire, une glissade du cul et le ciel est à lui. Pas fiable, trop grande gueule. Croirait que je suis amoureux, se vanterait partout. Cavale, cavale, cavale.

Pense à Hugo et ses remords. Ah les remords !

J'avais rencontré Hugo dans une de ces fêtes branchées. C'était le maître des lieux, un maître déprimé. Il se baladait de groupe en groupe, écoutait l'œil vide et le verre plein. On aurait pu le croire absent, un fantôme mondain, sans existence. Il n'était ni beau ni laid, ni grand, ni petit, ni brun, ni blond, il ne parlait pas sans arrêt, il ne s'extasiait pas sur des merdes, présentées comme des œuvres, un homme neutre. C'était ce qu'il voulait faire croire, et il y réussissait très bien. C'était une fin de soirée qui s'étirait à en crever. Je ne savais pas où dormir, une fois de plus, et pas envie de me faire un mec, juste pour un pieu et une douche. Ce soir-là, je n'avais pas envie qu'on me touche. J'avais des moments comme ça, où l'idée d'une peau contre la mienne, me foutait la gerbe. Je l'avais vu arriver vers moi, en tanguant un peu, il avait fini d'espionner le dernier groupe. Comme j'avais remarqué son manège, je m'étais dit que j'étais à l'abri, vu que j'étais seul, et ce, depuis le début. Il avait fait semblant de m'éviter, avait rebroussé chemin, et là, m'avait servi le discours le plus incongru jamais entendu pour une entrée en matière :

- Tu sais que le mot camarade s'est substitué chez les cabotins de la politique, au mot citoyen qui était usé.
- Non, et alors en quoi ça m'intéresse ? avais-je répondu.

Il avait poursuivi imperturbable :

- Tout candidat à la députation, se croit obligé de commencer ses discours par « camarades », ça fait peuple et démocratique. Ce mot a fait son entrée dans la politique, est devenu à la mode, et il est employé dans toutes les réunions, meetings ou autres, mais sommes-nous plus heureux ? Moins « légalisés » ? Moins accablés d'impôts ? Moins prisonniers de l'autorité, depuis qu'un tel mot est utilisé par les bateleurs des estrades politiques ? Au contraire il n'y a jamais eu moins decamaraderie dans les groupements, où les premiers venus emploient ce mot sans y croire, le galvaudant, l'abaissant au niveau de leurs mentalités d'arrivistes.

Je l'avais laissé parler sans l'interrompre, me demandant où il voulait en venir, et le sens de ce discours. Je me foutais complètement de la camaraderie perdue, des guignols encravatés, des slogans, des manifs. Je voulais seulement un endroit à peu près sûr. Il s'était éloigné de moi, et j'avais soufflé, pas envie d'entendre d'autres discours délirants, à presque cinqheures du matin. Je m'étais dit que j'avais réussi à m'incruster dans une soirée, à rester au chaud et à manger et boire. C'était déjà pas mal, pour la suite j'étais totalement dans l'incertitude. Il n'y avait presque plus personne dans la salle, quelques couples qui se léchaient la poire ou autre suivant leur état de conscience. Hugo était hors de portée.

Je m'étais dit qu'il fallait que je décolle, quand il était réapparu. Il s'était de nouveau adressé à moi, comme si je faisais partie de sa famille. Je sentais le plan cul arriver, mais rien de tout ça.

Excuse-moi, il fallait que je reconduise certains invités, les hôtes sont soumis à des codes très précis. Chacun se cache, se dérobe, se surveille, s'épie. Les chapelles d'admirations sont aussi meurtrières que les ragots de dénigrements. J'en sais quelque chose.

Je me disais qu'il mettait un temps fou, qu'il tournait autour du pot. Il avait peur de quoi ? De prendre un râteau ?

De prendre ma main dans la gueule- pas le genre de la maison- ? Comme je lui étais reconnaissant de la soirée, je ne déguerpissais pas tout de suite. J'attendais quand même qu'il lâche ce qu'il avait à dire, et là il se mit à parler de sa vie d'avant, celle où il était un guérilléro, il parla de révolutions, mais aussi de guerres fratricides, de nuits dans la jungle moite, de réunions clandestines, de tortures, et de fuites.

Dans ce loft luxueux je ne m'attendais pas à trouver, un glorieux combattant des causes perdues. Glorieux, il ne l'était pas. Il était pétri de remords, de remords sur tout, sur sa vie, sur sa mort, sur son sexe, sur ses jouissances, sur son fric. Il avait une théorie fumeuse comme tous ses discours, celle de la « tectonique des planques. »D'après lui l'art de la fuite c'était comme la dérive des continents, il fallait éviter que les différents lieux de planquesne se touchent, sinon ça engendrait des catastrophes, pour l'individu ou pour le groupe d'individus. Il prenait le mot planque dans les deux sens, cache et aussi « *caché pour observer* » et c'est ce qu'il

faisait dans les soirées. Indétectable pour mieux voir. L'aube se pointait et j'étais fatigué. Enfin il me dit :
- Je sais que tu n'as nulle part, tu peux rester ici et sans compensation.

Je souris pour la première fois et abandonnai mon masque de beau ténébreux. Il m'installa dans un coin du loft, le plus éloigné de son lit et me laissa.

Quand je me réveillai, il n'était plus là, seulement un mot pour expliquer le fonctionnement de l'appartement. Je pris une douche, laissai un mot de remerciements chaleureux et sincères du moins sincères, la chaleur m'était étrangère et je repris ma route.

On s'était revu plusieurs fois par la suite, toujours dans ce décalage des mots. On avait fini par coucher ensemble, mais c'est moi qui avais fait le premier pas. Pas pour le remercier, parce que j'en avais envie. Il m'avait parlé de « camaraderie amoureuse » et il avait peut-être raison, mais je n'avais pas eu le temps de vérifier l'idée, repris par mon envie de bouger.

C'était le temps des départs oiseux. Je sautais dans le premier train sans vérifier où il allait, la plupart du temps, je restais muré dans le silence, à regarder le paysage qui défilait, j'avais la tête vide et le corps en jachère. Je jetais un coup d'œil aux gares qui passaient et quand j'en avais marre du bruit des rails ou des cris des gosses, ou d'avoir ces humains autour de moi, ou quand le nom de la ville me plaisait, je descendais.

C'était comme ça que j'avais rencontré Luis, il se disait espagnol et c'était peut-être vrai.

Il devait friser les soixante-dix ans, se roulait des cigarettes infectes, faites de mégots ramassés, pas parce qu'il n'avait pas de fric mais parce que chez lui, c'était une question de principe. Pas faire bouffer les buralistes, qu'il considérait comme une clique de fachos, et faire de la récup. Tout chez lui était récup, fringues, godasses, dentier même, qu'il avait récupéré sur un mort, rien ne doit se perdre, tout se recycle, c'était son crédo.

Quand j'étais sorti de la gare, il était sur un banc à l'ombre d'un platane à fumer en silence, les gens passaient devant lui et il ne les voyait pas, sur le coup j'avais pensé qu'il était aveugle, mais en fait, il ne **voulait voir** que certaines personnes. Il avait fait le tri sélectif des hommes et des femmes. J'avais demandé la permission de m'asseoir près de lui et il avait répondu d'un ton bourru :

C'est à tout le monde ! Et c'est le seul arbre de la ville qui donne de l'ombre.

On était resté longtemps assis l'un à côté de l'autre. Le silence ça crée des liens, si bien qu'en partant, il m'invita à le suivre chez lui. En chemin, j'avais fait quelques courses, surtout liquides, sentant confusément que c'était sa nourriture préférée et ça tombait bien, c'était aussi la mienne. Chargés de quelques bières, cartons de vin et un cognac pour faire passer le tout, nous étions arrivés chez lui. Une baraque à un étage, sans prétention mais qui tenait debout, un jardinet en friche devant l'entrée avec un rosier anémique et assoiffé. Je m'attendais au pire à l'intérieur, mais contre toute attente, c'était rangé, nettoyé, récuré. Les meubles étaient même cirés. Il me fit faire le tour de la maison avec une certaine fierté nostalgique, me montra ma chambre au premier étage. « J'en'y vais jamais, c'est trop haut et puis je suis mieux en bas, plus frais, et puis si je meurs, ça sera plus simple pour me transporter. » Je m'installai le mieux possible, après avoir aéré la chambre qui sentait le renfermé. Il me dit d'en bas :

- Les draps sont dans l'armoire de l'autre chambre et les serviettes aussi, la salle de bain est au bout du couloir. T'as sûrement besoin d'une douche ?

Je trouvais tout impeccablement rangé et la salle de bain poussiéreuse mais propre ; l'eau froide me fit du bien. Je me changeai et je descendis le rejoindre. En me servant un verre il me dit :

- T'as l'air étonné mon gars ? Tu t'attendais à un squat pourri qui sent la merde et à une troupe de clodos qui pue autant que leur vinasse ?

Je ne sais pas à quoi je m'attendais.

- Il faut toujours se méfier des a priori. Tiens, devine ce que je fais sur le banc du platane.
- Je n'en ai aucune idée, lui répondis-je, le regard vide.

Je voulais siroter tranquillement le pinard, et pas jouer aux devinettes. Il me relança :

- Allez, fais un effort !
- Je ne sais pas, glandeur, espion, tapin, concierge, chômeur, retraité, casse-couille, mendiant, ministre.

Il se mit à rire de bon cœur.

- Rien de tout ça mon gars, et tout ça à la fois.

Là, je lui donnai ma langue au chat.

- Je suis l'angle mort des rêves. C'est un boulot à plein temps. En quelque sorte je bois les rêves des autres, et je les redonne en les modifiant. C'est pour ça que je passe mon temps à observer ces hommes et ces femmes. En fait je récupère ces poussières d'étoiles qui s'éteignent dans leurs yeux, et j'en fais des images flamboyantes ou terribles mais qui valent le coup d'être vécues.
- Et on vous paie pour ça ?

-   Non, mais on devrait créer un ministère des songes inachevés ou maltraités ou avortés et le monde irait mieux.

Après ça il me laissa dans mon étonnement et nous resservit à boire.

« On peut dialoguer avec une table, il suffit de savoir de quel bois elle est faite. »

Il me répétait souvent cette phrase en changeant d'objet et c'était avec lui que j'avais appris à forcer le passage de la matière et du paraître. Il ne recevait personne et on vivait là, à se saouler le soir, après avoir pris racine sous notre platane, l'arbre des palabres secrets. C'était étrange d'être dans l'envers du décor, mais ça ne me gênait pas. Le corps et le sexe au repos, les désirs enfouis. Je disais qu'on ne recevait personne, sauf une fois. On était rentré comme d'habitude, quand le soleil se met à raser le toit des maisons et que les ombres s'allongent, les bras chargés de liqueurs et de vins et après le rituel de la douche et les échanges échevelés, j'entendis des pas, des pas lourds dans l'entrée, comme quand quelqu'un s'essuie les pieds avec vigueur. Luis sursauta, me demanda quel jour on était, je le lui dis. Il sourit et demanda à haute voix :

-   Paola c'est toi ?
-   Oui, qui veux-tu que ce soit ? J'attendais que tu me demandes d'entrée puisque tu es accompagné.
-   Viens. Il est pas farouche.

La dénommée Paola fit son entrée. Je n'avais jamais vu un travesti aussi moche. Elle devait avoir l'âge de Luis, grande, baraquée, des cheveux cendrés, un visage aux traits épais, un gros nez, des mains de bûcheron couvertes de bagues tapageuses. Elle avait une démarche énergique, sans grâce et pourtant il émanait d'elle une folle tendresse ou une tendresse de folle, de ceux qui ont survécu au-delà de ligne

40

autorisée, au-delà de la frontière. Luis lui avança un siège, très prévenant, en lui disant :

- J'avais oublié la date.

Se retournant vers moi :

- Paola vient me rendre visite une fois par mois, à la même date, toujours le 13 quel que soit le jour. Sauf quand c'est un vendredi, elle est terriblement occupée ce jour-là.

Je sentais que Paola me jaugeait, me scrutait dans tous les sens, j'avais l'impression d'être mis à nu au propre comme au figuré. L'examen l'ayant rassurée, elle s'adressa à moi.

- Alors jeune homme pas farouche, qu'est-ce que ce vieux débris vous a dit et qu'est ce qui fait que vous soyez encore là ?

Elle me faisait un peu peur, mais j'étais fasciné par sa voix, chaude profonde comme celle qu'on rencontrait à l'opéra avec les barytons-basse. Répondre à une question par une autre question. Technique de la dérobade.

- Vous pouvez m'expliquer les rendez-vous mensuels à date fixe ?

Ils se regardèrent, gênés ou étonnés, je ne savais pas exactement. Un ange passait et il prenait son temps, il devait faire des loopings et cherchait un endroit où se poser.

Paola rompit le silence.

- Je pourrais vous dire que ça ne vous regarde pas, mais comme vous êtes là depuis un moment, vous faites partie des meubles.
- Merci pour le meuble.
- De rien et même si vous ne le croyez pas, c'est un compliment. Luis vous a parlé de son travail. Il est le premier maillon, il absorbe et moi je crée. Une fois par mois, il déverse tout ce qu'il a capté et moi

41

je lui rends ce que j'ai mis en forme le mois d'avant. Un échange de matière et il retourne aux ayants droits, les rêves sublimés. Belle mission vous ne trouvez pas.

Je hochai la tête et repris :

- Les vendredis 13. Il n'y a plus d'échanges ?

Luis répondit :

- Comme tu le sais, ce jour-là est un jour encombré dans la tête des gens, superstitions, espoirs déraisonnables, croyances diaboliques. Les chats noirs doivent se terrer, les échelles devenir transparentes et aussi ça joue dans tous les sens, lotos, jeux à gratter, et les buralistes s'en mettent plein les fouilles et tu connais mon amour pour eux ; alors ce jour-là, relâche pour moi et double boulot pour Paola qui épure de toutes ces scories, pour les rendre plus présentables.

- Et vous croyez que je vais gober ça ?

- C'est comme vous voulez jeune homme, reprit Paola. On ne force personne à nous croire, mais si vous regardez bien dans toutes les villes aux abords des gares et des places, vous verrez des êtres immobiles et d'autres que vous pensez être sortis de romans ou de cauchemars. Ils font comme nous, et c'est comme ça que le monde ne sombre pas dans la folie. On offre des lignes de fuites pour pouvoir encore respirer.

- Réfléchissez à un monde ou les rêves seraient propriétés des états ?

Elle m'avait cloué le bec et foutu la trouille parce que j'imaginais très bien et plus que ça. J'en tremblais des pieds à la tête et j'en tremble encore. On avait fini la soirée à chanter et à boire, pour éloigner la bête monstrueuse et molle. Luis avait reconduit Paola et moi j'avais essayé de dormir, mais j'avais peur que les Etats me sucent mes rêves et que les deux anars de la tête ne puissent me réparer. C'est seulement quand j'entendis Luis rentrer avec une aube sale que je pus m'endormir. Les jours suivants, j'avais demandé à Luis de m'initier aux techniques d'absorptions, comme l'avait dit Paola. Il essaya et je me concentrai, mais rien ne venait, je ne voyais que l'apparence, et rien derrière. Il finit par me dire que je n'étais pas fait pour ça et que mes rêves, je les vivais et que je ne pouvais pas contempler ceux des autres. Il avait sûrement raison, j'étais un peu déçu, mais je m'étais dit autant faire ce qu'il dit, et j'avais repris la route. En me voyant m'éloigner, il n'avait pas esquissé le moindre geste, il était déjà plongé ailleurs.

Je ne savais pas si j'avais vécu mes rêves, mais là j'étais en plein cauchemar. C'est terrible de ne pas se souvenir de ce qu'on a fait, il y a à peine une heure. J'avais beau me creuser la tête, rien et la panique qui me pousse. Nécessité absolue de se terrer, faute de s'enterrer. Impossible de me concentrer. Impression d'être dans les « *Chasses du comte Zarof* » ou dans *« M, le maudit »* avec tous les border line à mes trousses. Peux même sentir ces flots de haine qui me submergent et les cris chuchotés : assassin, assassin, monstre, monstre, déchet de l'humanité. Ils ont tous la bouche tordue, des ricanements abrasifs, les yeux glauques. Une partie de la ville que je ne reconnais pas. Des maisons basses, aveugles, des façades à moitié écroulés, de rares néons. Personne aux alentours, no man's land pour perdus de l'histoire. Sous une arche encore debout, un troquet allumé. Coup d'œil à travers les vitres sales, trois ou quatre clients attablés séparément. Ressemblent à des mannequins, tellement ils sont raides. Derrière le bar, une jeune femme élégante qui essuie des verres. Aucune parole, aucune musique. Je jette un œil derrière moi, personne, ai dû semer mes poursuivants, après une dernière hésitation, je pousse la porte vitrée, et tant pis pour le sang de mes mains.

Une autre porte et en bois massif.
Où tu étais passé ? Je commençais à m'inquiéter.
Marcus était devant moi l'air réellement inquiet. Je ne savais pas quoi lui répondre, à part que j'étais allé faire un tour et que je m'étais paumé. L'explication lui avait suffi et il avait repris sa peinture. Je m'étais assis près de lui pour sentir sa chaleur. Il me faisait toujours cet effet-là, un être rassurant et chaud.
J'avais fait sa connaissance deux ou trois mois après Luis. J'avais réussi à placer deux poèmes dans une revue, et je m'étais dit que j'allais fêter ça, comme il se devait. Je cherchais un bar et en passant devant une galerie, j'avais été attiré par une peinture en vitrine, un œuvre sombre et colorée à la fois, j'avais pensé à une étoile morte sur des lèvres vides de sang.
C'était le vernissage. La table était dressée avec des amuse-gueules, des bouteilles de champagne, mais c'était le bide complet.Il n'y avait que le peintre et la propriétaire du lieu, une vieille femme pommadée et complètement sourde. Ils avaient été presque surpris de me voir rentrer.
Avant de me jeter sur le buffet, j'avais fait le tour des tableaux présentés et c'était le même répété à l'infini, une obsession. J'avais fait celui qui avait tout compris, hochements de tête, mains sous le menton, clignement des yeux, moue dubitative.
- N'en faites pas des tonnes ! C'était l'artiste qui s'avançait vers moi avec un grand sourire. C'est déjà bien que vous soyez entré, d'habitude les gens fuient, comme si ça les plongeait dans leurs pires

cauchemars. Et c'est ma signature Marcus, Marcus, double M.

Je me présentais à mon tour. Il m'invita à partager le champagne et les amuse-gueules. La vieille souriait continuellement et s'enfilait coupes sur coupes, au bout d'un moment elle était complètement stone et Marcus l'aida à s'allonger et bientôt elle ronflait comme un sonneur. Il ferma la galerie en me disant :

- On va être tranquille, j'ai mon atelier au premier étage.

Il prit quelques bouteilles et je me retrouvai dans son lit, contre son corps chaud et je fondis en larmes, tellement c'était doux, tellement c'était tendre. Avant de dormir il me dit :

Finalement c'était un beau vernissage, sûrement le plus beau.

J'avais souri et m'étais pelotonné un peu plus.

Très vite, nous avions dû quitter l'atelier de l'étage, la vieille dame tout sourire dehors, s'était entichée d'un autre peintre et nous avait demandé de déguerpir au plus vite pour préparer un nouveau vernissage et une nouvelle murge.

On avait trouvé une maison en dehors de la ville, bordée de jardins maraîchers et de petites usines désaffectées aux cheminées branlante. Lieu idéal pour peindre l'Obsession.

C'est comme ça qu'il avait baptisé son œuvre mais c'est moi qui lui avais suggéré et ça lui convenait.

Il m'avait parlé de cauchemars, je lui racontais les rêves et le platane de Luis, les camarades manqués d'Hugo, les vendredis 13 de Paola.

Il m'écoutait toujours avec attention et repartait peindre.

J'attendais la parution des poèmes et je ne faisais rien, à part me mettre près de lui.

C'était là que j'avais commencé à avoir des absences, des oublis profonds.

J'avais mis ça sur le compte de l'alcool et des différents produits qu'on s'envoyait sans savoir tout à fait ce que c'était.

Mais c'était autre chose, je commençais à m'effacer, comme si je me gommais.

Je réapparaissais souvent, mais les blancs étaient de plus en plus longs. J'avais cette sensation d'être hachuré. Je lui parlais de cette sensation et je voyais chez lui s'allumer une lueur d'envie. Il pensait que j'allais dans des endroits inconnus comme si je vivais des vies parallèles, et c'était ce qu'il voulait faire.

Son Obsession c'était bien de percer l'irréel. Il pensait qu'en faisant la même toile avec les mêmes gestes, il parviendrait à se défaire et à devenir ses couleurs. Je n'osais pas lui dire que mes absences n'étaient pas des voyages extraordinaires, mais seulement des moments blancs et vides et que l'idée de ne plus trouver mon refuge auprès de lui m'angoissait au plus haut point.

Un matin j'étais parti me balader et je n'avais plus retrouvé le chemin du retour, j'avais tourné dans tous les sens mais je ne reconnaissais plus rien, la ville m'avait rejeté comme un noyau de cerise. J'avais erré, fait des petits boulots, mes poèmes avaient disparus, je n'étais plus sûr d'en avoir écrit et Marcus s'était estompé. Le blanc et le vide.

La serveuse élégante et froide m'a désigné une table vide. Me suis assis les mains bien en vue. Elle n'a pas tiqué. J'ai regardé la peur au ventre, rien, plus aucune trace de sang.

Le bistrot de l'Arche comme je l'appelle maintenant, c'est peut-être la planque ultime. L'endroit où plus rien ne se perd, ou plus rien ne se trouve.

La barmaid n'arrête pas de m'observer, j'ai la nuque en feu, un regard brûlant comme de la braise, un lieu commun, une banalité, mais là c'est vrai, ça chauffe. Je me demande ce qu'elle veut à la fin et quelle étrange serveuse elle fait, elle ne m'a pas demandé ce que je veux boire, seulement désigné une table. Les autres figés ne remuent pas un cil, je me suis dit qu'ils sont morts et que l'éternité ça doit être ça et pourtant je me souviens pas d'être mort, mais peut-on se souvenir de ce moment de basculement ? Je m'efface déjà d'un instant à l'autre, alors le basculement…et puis on estpas dans les films où le mourant parle tellement qu'on a envie de l'achever pour qu'il se taise ; cette idée me fait rire. La Kapo du bar me rappelle à l'ordre. Silence et contemplation, ça doit être la devise de l'établissement.

Silence et contemplation, comme l'après Rachid des sables de Lybie.
C'était ce qu'il m'avait dit en se présentant. Il devait être de la Courneuve vu l'accent, mais comme j'avais besoin d'exotisme et de croire à n'importe quoi avec n'importe qui, les dunes de Lybie me convenaient. Nos relations étaient secrètes. Le mystère m'avait toujours branché et le plein jour ne m'allait pas. Il avait une manière très personnelle, féline, d'apparaître dans des lieux improbables, vintages pour les connaisseurs, à l'ombre d'arbres squelettiques, près de mares assoiffées, derrière des bosquets au bord de l'asphyxie. Si Luis m'avait parlé des rêves, lui c'était les mille et une nuits mais sans chameaux, ni tapis volants, ni étoiles. Une manière brute du réel, un art de perdre toute illusion, comme si la mort était son prochain voyage. Je marchais dans ses pas incertains, en pensant aux amazones dont il me certifiait l'existence. En fait j'avais toujours aimé les menteurs et je me laissais aller à son corps chaud, à ses

caresses brusques et inquiètes, à sa manière de déguerpir en catimini. Avec Rachid, j'avais l'impression d'être un dangereux décalé des étoiles noires. Un soir, les secrets avaient dû être trop lourds, et je l'avais attendu en vain jusqu'au lever du soleil. J'étais reparti hébété d'une nuit blanche, à compter les heures, à guetter ses pas devenus familiers. Finalement, la Lybie de la Courneuve n'était pas faite pour moi. On aurait pu... mais quoi ? On dit parfois que la peine d'amour existe, mais pas pour moi. J'aspirais avec désir, gourmandise à n'être que l'ombre que je poursuivais et qui m'avait ensanglanté les mains. La terre continuait de tourner et je ne pouvais rien faire de plus.

Je commence à me détendre et me dire que j'aurais pu tomber plus mal comme terrier ou comme antre, mais j'ai soif et je n'ose pas demander, en plus je n'ai quasiment plus un rond ; mes différentes fuites m'ontmis à sec. La sonnette maigrelette fait entendre son dring misérable. Un nouveau client. Il se trame des choses derrière mon dos mais je n'ose pas me retourner. J'entends des pas, instinctivement je rentre la tête dans les épaules, mais rien ne se passe. Miss sourire installe seulement un autre homme, mais différemment, elle l'installe à MA table. Je n'en reviens pas, de ce manque de respect. Je vais pour protester, mais le regard du dragon me fige sur place. L'autre s'assied en face de moi, la tête baissée, sans me regarder, les mains aussi bien en vue. Je risque un œil curieux ; c'est un homme d'une cinquantaine, plutôt mince, les cheveux qui commencent à grisonner, le teint pâle, les lèvres étroites. Il est vêtu avec élégance, ce qui tranche avec les autres zombies qui semblent sortir d'un défilé de poubelles, il a aussi de belles mains osseuses qui commencent à se plisser par endroit surtout aux articulations. Il est tellement en lui, que j'entends à peine son souffle. Visiblement, il ne fait pas du tout attention à moi. Je me sens vaguement vexé et je rentre dans ma coquille.

Benoît. Il aurait pu s'appeler Rodrigo, ou Mendez de Mexico mais c'était Benoît, mère indienne et père breton. Il avait les mains douces d'un masseur, le teint cuivré et le cul blanc, une incongruité qui ne manquait pas de me faire rire à chaque fois. Il avait beau s'exposer au soleil, ses fesses restaient résolument blanches. Au début il avait mal pris mes moqueries et après il en avait fait une fierté, une sorte de marque de fabrique. Il disait haut et fort : « Je suis le seul indien à cul blanc, le seul ! » On s'était séparé sous les falaises d'Etretat. Il avait déclamé un poème flamboyant, tout en disant que les ruptures devaient se faire dans des lieux d'apocalypse pour que cette part sombre soit honorée. Nous nous étions saoulés etnous nous étions enfuis en hurlant contre les flots violents et la pluie battante. Rodrigo, Mendez, Benoît, je vous ai aimés. Zeus ta mère ! Poséidon ta sœur ! Voilà que les mythes grecs me reprenaient. J'étais mal barré.

- Vous voulez boire quelque chose ? La voix de la serveuse me fait sursauter.

Je vais lui répondre du teigneux, mais je m'arrête avant. Pas envie de repartir dans des embrouilles.

- Je prendrai bien un bourbon, n'importe lequel.

Et là, elle me fait défiler avec une voix monocorde, un nombre invraisemblable de marques, de noms, d'années. Je m'apprête à répondre au hasard, mais elle me coupe dans mon élan.

- De toutes les manières, nous n'en avons pas.
- Alors pourquoi toute cette liste ?

Elle a un moment de stupeur. Elle me fait répéter la question avant de répondre.

- C'est pour vous faire comprendre que vous n'êtes pas dans n'importe quel bistrot, et si vous m'aviez posé la question sur les vins, la liste aurait été encore plus longue et la conclusion aurait été la même.

J'en reste comme deux ronds de flancs.

- Donc quoique je commande, je ne l'aurai pas ? Elle fait celle qui ne comprend pas l'ironie du propos et reprend avec cette même intonation lancinante :
- Vous avez bien résumé.

Je ne me laisse pas abattre et comme la soif est de plus en plus forte, je lui commande ce qu'elle a, en rajoutant : « même si c'est de l'illusion ».

- C'est justement la seule chose que nous servons. Et elle tourne les talons.

L'illusion je connaissais bien. On aurait pu m'appeler le Maître de l'illusion.

Rien avoir avec Houdini ou d'autres magiciens, plutôt avec Merlin l'enchanteur, tellement j'enchantais, et ce depuis l'enfance.

Je n'étais jamais où on m'attendait et je faisais en sorte que tout le monde croit que c'était bien là. A ce moment-là, je partais ailleurs.

On m'avait souvent traité de pute et j'avais sûrement ce côté, mais seulement pour le plaisir d'être payé, ça n'avait jamais été une nécessité pour moi.

Je parlerais plutôt de caméléon.

On me posait dans un endroit inconnu, une soirée où je ne connaissais personne et au bout d'un temps très bref, tout le monde semblait me connaître depuis la nuit des temps.

Ils auraient pu me raconter ma vie et d'ailleurs ils l'ont raconté. De fait, je me trouvais avec plusieurs vies, comme un jeu de tarots mais je gardais précieusement le Joker ou l'Atout.

Il n'y avait que moi qui y avais accès.

Quand j'y repensais, toutes mes vies avaient un point commun, ni début, ni fin. C'étaient des bribes, des fragments et mis bouts à bouts, ça tenait la route autant que la vraie et sûrement plus. Je fus successivement, professeur de tango, marionnettiste, DJ, tenancier de bordel, marin, passeur de coke, marin pêcheur de thon, flic véreux, flic incorruptible, écrivain maudit, philosophe sans système, psychologue sans références, taulard en cavale, comédien à la ramasse, mercenaire sans contrats, mais quelque soient les métiers, c'était cette même fascination mais quand je disparaissais plus personne ne se souvenait de moi.

Toutes mes issues étaient en friche. J'étais tout le monde et personne à la fois. Mais c'était la première fois qu'on me proposait de « l'illusion » en verre.

J'ai peur de me retourner, je sens qu'elle prépare quelque chose, j'entends le bruit d'un shaker, le crissement significatif de la lame d'un couteau et ses talons qui claquent sur le bois derrière le bar. Elle se met à rire comme une folle, un rire aigu, grinçant, je savais qu'elle n'était pas nette. Moi qui croyais avoir trouvé un endroit de repos, j'étais retombé dans les griffes de ma mère. Un retour en utérus express.

J'aurais dû la reconnaître au premier coup d'œil, la même démarche saccadée, avec le talon gauche qui traîne comme si la chaussure était un peu trop grande, ce port de tête raffiné et ce parfum entêtant de femme, lourde de secrets.

J'en tremble et elle continue à rire comme une sirène démontée qui annonce une catastrophe nucléaire.

Mon vis-à-vis s'est redressé, il m'adresse la parole sur un ton monocorde sans émotion comme s'il cherche à mecalmer, à me retenir, il est de mèche avec l'hystérique, c'est pour ça qu'elle l'a mis en face de moi. Les misérables truands ! Le pire, c'est que ça marche et que mon cœur recommence à battre normalement.

J'ai le courage de le dévisager. Il m'est vaguement familier mais c'est surtout sa voix que je connais et j'ai beau me creuser les méninges, je ne sais pas d'où. Il faut que je me tire même sans boire.

Les murs battent contre mes tempes, dilatation, rétractation, dilatation, rétractation, dilatation, rétractation. Je me lève titubant, la lumière rouge du bar danse la gigue, les zombies ont des têtes de fausses couches, la porte s'avance sans que je bouge, et soudain je sens qu'on me pousse, d'un coup de pied au cul et je me retrouve couché sur le trottoir dans une lumière blanche et crue, couvert de sang et de déjections diverses devant un type déguisé en cosmonaute. Je me mets à hurler.

La tectonique des planques c'est comme l'effet papillon ou comme l'effet domino, les délires d'Hugo n'étaient pas si vaseux. J'ai bien mélangé toutes mes vies comme un raton laveur sous acide.

Je me demande ce que je fais à quatre pattes devant ce grand type en combinaison de démineur. Il m'aide à me relever et me donne une bourrade pour reprendre mon souffle et pour me calmer. J'ai pas envie d'une baffe, alors j'obéis.

Il se met à gueuler de sa drôle de voix métallique, à cause du masque.

- Mais qu'est-ce que tu faisais dans cet immeuble ? T'as pas vu qu'il était en démolition ? C'était marqué partout de ne pas s'approcher, on le faisait sauter aujourd'hui. Encore heureux que tu sois vivant !

J'ai envie de lui répondre que survivant, c'est mon deuxième nom mais je lui dis en balbutiant :
- Je cherchais une planque. Sa réponse ne se fit pas attendre :
- Une planque ? Pourquoi ? T'es un criminel en cavale, un putain de psychopathe ?
- Non. Enfin je ne crois pas.

Je regarde de nouveau mes mains, elles sont propres, si ce n'est la poussière de l'explosion.
- Et les autres ?
- Quels autres ? Il n'y avait que toi à faire le pitre sous les arches et quand je t'ai vu, il était trop tard et tout avait pété.

Mais j'insiste comme un benêt :
- Mais les autres dans le café, les trois hommes et la barmaid et celui qui était en face de moi.

Il prend le temps d'enlever son casque avant de me répondre, il a une belle gueule et une voix douce et chaude
- Il n'y a jamais eu de bistrot, il n'y avait qu'un îlot d'immeubles pourris que même les rats avaient déserté. Faudrait arrêter la came ou la gnôle. Viens je vais te conduire où tu veux.

Il me fait monter à bord d'une voiture genre 4/4, après s'être enlevé sa combinaison. Il me demande où je veux aller.
- Aucune idée !
- Amnésique ?
- Tectonique !

- Jamais entendu parler !
- C'est pour la rime !

Bourbon Jack

A Billkiss alias Minette.

Avec tes veines chargées de nuit, tu n'as pas plus ta place parmi les hommes qu'une épitaphe au milieu d'un cirque.

Cioran. Syllogismes de l'amertume.

Je ne savais pas comment j'avais abouti dans ce rade crasseux. Mais c'était le seul ouvert. Je m'étais fait larguer et j'étais en eau basse. L'amour laisse des contusions et là pour le coup j'étais bien amoché. Pas envie de rentrer chez moi, de me saouler seul en écoutant la seule musique de ma tête. Drôle de musique : silences et frustrations. J'avais mis mon imper et traîné dans des rues de plus en plus désertes. On se croisait entre épaves de la nuit, chacun dans son monde merdique et déglingué. Certains gueulaient ce qui leur restait de ressentiment ou de colères alcoolisées et ça finissait en gerbes ou en honte ou les deux à la fois. La lune sentait la merde à plein nez. J'étais entré dans ce bar où personne ne me connaissait. Les lumières étaient bleues, ce qui donnait aux trois clients restants, des airs cadavériques. Ça m'allait très bien. Autant aller au bout. Il y avait un type sans âge derrière le comptoir, genre junkie rock and roll, maigre, teint pâle, cheveux gras et noirs, bagues têtes de mort, collier de chien, bracelet clouté. Ça c'était pour le haut. Pour le bas : slim noir à zips et des creepers noires et fatiguées, j'étais rassuré, la panoplie était complète Il avait l'air de traîner un ennui aussi glauque que ses néons. Je commandai un bourbon. Il me dit d'une voix neutre :
« Monsieur est un connaisseur ». Je sentais une pointe d'ironie, mais je ne relevais pas.
Je pris le verre et m'assis à une table près de la vitrine. Au moins, je verrai tomber la pluie.
Je remarquai à peine le départ des autres clients. Le type du comptoir avait pris un balai et commençait à nettoyer la salle. Je m'étais dit que c'était l'heure de la fermeture mais il ne disait rien, il se contentait de balayer. Il ferma la porte. Posa son balai, retourna au comptoir et mit de la musique, un truc punk, pas mal du tout. Il se servit un grand verre et s'assit face à moi, en disant : « Permettez ». Il était chez lui,

donc c'était permis. Mais je craignais d'avoir un barman psy en face de moi et c'était la dernière chose que j'avais envie de supporter. Je pris l'air de celui qui est au-dessus de tout, tout en étant en dessous. Ça je savais faire, mais visiblement il s'en foutait complètement. Il but une longue gorgée, poussa un soupir de satisfaction et commença son histoire : « Je n'ai pas toujours été barman-balayeur. J'étais guitariste et un bon. Quand j'avais commencé à tâter de la scène, j'étais propre sur moi, un Pink Floyd de bonne facture. Ma guitare avait six cordes et j'enchaînais des accords compliqués, des arpèges diaboliques, des solos à n'en plus finir. J'enchaînais, j'enchaînais, j'enchaînais les concerts, les sessions de studio, les villes traversées à la nuit tombée, aucun souvenir de leurs noms, seulement les chambres d'hôtel sans âmes et les restos ouverts tard. Les gens n'existaient que dans la salle, sitôt regardés, sitôt évaporés. Des riffs, des cris hystériques, virtuose de la guitare, même comparé à Jimi Hendrix, applaudissements, et moi je m'emmerdais de plus en plus dans mes santiags rouges en croco et mes tatouages commençaient à me gratter. Une fin de tournée, c'est un grand vide et aussi un soulagement, de ne plus voir la gueule des autres pendant un temps.

J'en avais fini une justement, une belle grande qui te met à l'envers et le cerveau en miettes. Bref, épuisé et fébrile, en rentrant chez moi, j'étais tombé nez à museau avec un chat, noir très noir, petit et ramassé, félin et craintif, des yeux perçants et vagues, des griffes acérées et rentrées mais qui déjà battaient la mesure. Il m'attendait ou plutôt, elle m'attendait, puisque c'était une chatte. J'avais ouvert ma porte et elle était entrée distraitement, en flairant partout. Elle s'était installée sur le canapé, après quelques griffures obligatoires. Elle avait levé la tête et m'avait dit :

J'aimerais que tu me joues quelque chose qui te ressemble, pas ces trucs enflés, quelque chose qui est toi.

Je ne sais pas si tu as entendu parler un chat, mais ça secoue. J'étais resté sans voix et je commençais à me faire du souci sur mon état mental. Pour conjurer l'hallucination, j'avais fait mes gestes habituels de retour : vider mon sac, ranger ma guitare, prendre une douche, changer de fringues, ouvrir une bonne bouteille. En revenant au salon, l'apparition était toujours là, à se faire méticuleusement la toilette, sans faire attention à moi. Son dédain me disait clairement : « alors ça vient, j'ai pas que ça à faire ». Pour m'en débarrasser, j'avais sorti la guitare et avais balancé une mélodie suave, genre berceuse. J'avais l'intention de l'endormir et de la jeter dehors sous la pluie battante. Elle avait daigné lever une oreille et bouger un peu la tête, mais à sa moue, je voyais bien qu'elle trouvait ça, au mieux, banal, au pire, à chier. Elle commençait à m'énerver avec son air de princesse je sais tout et j'avais pas besoin d'une bête, critique musicale. Je posai ma guitare et je m'apprêtai à la balancer. D'instinct, elle comprit et me jeta un regard tellement suppliant que je mis mon perf et allai au supermarché acheter le kit complet pour félin domestique. A mon retour, piteux et dégoulinant, elle m'avait souri, et si tu n'as jamais vu un chat sourire, je peux te dire que c'est terrifiant. Après cette prise de contact compliquée, on s'était installé ensemble. Je ne lui avais jamais donné de nom, juste « minette », seulement pour moi, question de repères. J'avais pris l'habitude de répéter mes morceaux face à elle. Elle sur le canapé, moi sur une chaise. Elle n'était jamais satisfaite. Elle balançait la tête et fermait les yeux à moitié et puis elle se levait et me tournait le dos. Là, je savais que ça n'allait pas. Je recommençais mais c'était toujours le même cinéma. » Il s'arrêta avec un sourire rêveur sur ses dents manquantes.

Il me demanda si j'en voulais un autre, la tournée du patron. Je ne me fis pas prier, d'autant que j'avais envie de connaître la suite. Il se ramena avec la bouteille, alluma une cigarette en disant :« C'est permis, c'est soirée privée. » J'en allumai une aussi.

- Ce que tu entends, c'est mon groupe, on s'appelait les « Bourbon Jack », c'était pas pire comme nom que les Pistols, ou Sid Vicious, Johnny Rotten et c'est le résultat de mes dialogues musicaux avec ma muse bizarre, reprit-il. On a eu quelques succès d'estime et puis on s'est séparé, sûrement que notre nom collait trop à la boisson et jouer ivre mort, c'est pas ce qu'il y a de mieux. Bref, le succès, ça va, ça vient et peut-être que je n'en avais plus rien à foutre ; ce qui m'importait, c'est ce que ressentait le chat.
- Et alors qu'est-ce qu'il ressentait ?
- Rien. Elle me laissait suivre mon chemin, mais en m'orientant de manière sournoise. Elle n'assistait pas bien sûr aux concerts, elle avait horreur du bruit et quand je rentrais tard, elle me faisait sentir, par un regard glacé et vert, que j'étais une merde de m'exhiber comme ça.
- Elle savait que tu étais musicien pourtant.
- Oui, et ma transformation c'était elle qui l'avait voulue, mais je n'allais pas assez loin et je pense qu'elle était jalouse, comme c'est pas permis de l'être. Tu veux un autre verre ?
- Au point où j'en suis ! Il me resservit généreusement.

Je commençais à me sentir bien et à oublier celui qui m'avait mis cul par-dessus tête. Lui aussi était d'une jalousie féroce et imbécile et contrairement à la chatte, il ne cherchait pas à me faire avancer sur un chemin quelconque, il cherchait seulement à me contrôler, à m'abêtir jusqu'à l'état de larve. Qu'il aille au diable ! Je me jurai de ne plus me laisser faire. Promesse d'ivrogne, mais promesse quand même. Je demandai à mon hôte de continuer son histoire.

- Je pensais que c'était de la jalousie mais ce n'était pas ça. Elle voulait que je fasse une musique qu'elle seule pourrait apprécier, une sorte de musique pour chat, c'est dingue je sais, mais c'est comme ça.
- Une musique de chat ?? Et c'est quoi ?
- Tu vas entendre.

Il se leva, alla derrière le comptoir, sortit une guitare, une belle Strato avec seulement deux cordes, un vieille pédale Delay en acier, un ampli et une petite boîte à rythmes qui n'avait qu'un rythme binaire. Il régla tout et se mit à jouer. J'avais déjà écouté du minimaliste, de l'indus, de l'expérimental, mais là je restai bouche bée.

De ses deux cordes, il sortait des sons qui se répercutaient, tantôt graves, tantôt aigus et qui s'enroulaient les uns aux autres et qui ressemblaient au bout du compte aux miaulements des chats, mais des miaulements qui faisaient une mélodie, âpre, tordue, cruelle, farouche, brutale, sauvage mais aussi douce, moelleuse, sucrée, suave. Le morceau n'en finissait plus et j'étais là, scotché sur la banquette en cuir râpé, à boire verres sur verres et Jack se fondait dans les notes, j'eus même l'impression que la guitare jouait toute seule. Le silence soudain me fit atterrir, genre atterrissage d'urgence.

- Alors qu'est-ce que t'en penses ? Il était de nouveau en face de moi.

Jamais rien entendu de pareil, et je lui débitai tous les qualificatifs qui m'étaient passés par la tête.

Il parut satisfait mais vérifia quand même.

- Tu dis pas ça, parce qu'on boit ensemble depuis des heures ?
- Non, tu m'as fait oublier ce qui m'avait amené ici. Ou alors il fallait peut-être que j'arrive ici et que j'entende cette mélopée, c'est le mot juste, mélopée.

Il répéta, mélopée, mélopée, mélopée. Il plissa les yeux et hocha la tête.

- Ouais, c'est le terme exact ; mélopée. Elle serait ravie.
- Serait ? Elle n'est plus avec toi ?
- Qui sait ? Quand j'ai fini ce morceau, elle a disparu. Je l'ai cherchée partout, et rien. Je pense qu'elle était là pour ça et que cette musique lui a rendu la liberté.
- Elle te manque ?
- Terriblement, mais elle m'a appris à me dépouiller jusqu'à l'os et c'est l'essentiel. Mais je suis sûr qu'elle va réapparaître un de ces jours entre deux portes et se réinstaller sur le canapé en me disant « Au boulot ! » On ne peut pas tenir un chat en laisse sinon il meurt.

J'avais envie de rajouter « c'est comme les hommes » mais je m'abstins. Je m'abstenais beaucoup ces temps-ci, je devenais peut-être civilisé. Il me demanda par politesse la raison de ma présence. Je lui dis que ça n'avait plus d'importance. La pluie s'était arrêtée et le ciel commençait à pâlir malgré les nuages encore bas et menaçants. Je lui fis une accolade en partant, il me dit :« Quand tu veux, tu sais où me trouver. »

Je revins souvent et à chaque fois, il me faisait écouter ce qu'il avait produit, je lui demandais s'il l'avait retrouvée et c'était toujours une réponse négative. Un soir je trouvai porte close et un panneau à « vendre ». Je me renseignai auprès de l'agence chargée de la vente et on me répondit seulement qu'il était parti.

Six mois passèrent j'avais repris ma vie en main comme on se plaisait à le dire, et je tenais ma promesse du premier soir. J'étais en balade nocturne, quand je m'arrêtai devant une affiche annonçant le concert de « Bourbon Jack and the Cats ». Il avait remis ça. Pour rien au monde, je n'aurais raté ça.

La salle était pleine à mon grand étonnement, je n'avais rien entendu à la radio et cette affiche était inattendue, j'aurais pu la rater. Je me mis au fond de la salle pour ne pas être bousculé. La scène s'éclaira. Dès qu'il apparut, je sus qu'elle était revenue. Il avait l'air plus jeune et félin. J'en étais presque jaloux. Je me laissai aller à la musique et derrière moi dans un coin je remarquai, une petite boule noire, très noire. C'était elle. Elle me regarda fixement de ses yeux verts, commença un brin de toilette, et sourit. Il avait raison c'était terrifiant.

Taïga Blues

Il disait son infinie courbature qui n'était pas celle du voyage dans un wagon, mais celle de son long voyage d'homme.

Georges Simenon. La fuite de MonsieurMonde.

Un jour moi aussi je partirai, dans la gare échouée comme un grand navire au bord d'une plage, les trains crachent une fumée âcre, au fond de ma poche se chiffonnent les horaires des grandes lignes.

Alain PACADIS. Journal d'un jeune homme chic.

« Ça vous dirait de fêter l'anniversaire d'un vieux monsieur, né juste avant l'ère soviétique ? » C'était ainsi que mon rédacteur en chef m'avait vendu le reportage pour les 100 ans du Transsibérien, sous le prétexte que j'étais le seul à parler russe. J'avais eu beau lui dire que la pratique de la langue remontait à mes années de lycée, il s'était mis en tête que j'étais l'homme de la situation et comme il était têtu comme une mule, j'avais accepté, une véritable aventure pour un casanier comme moi. Après réflexions je m'étais dit que ça me changerait des rubriques des chiens écrasés et des jubilés et qu'une occasion pareille ne se présentait pas deux fois dans une vie. Moscou Vladivostok, itinéraire mythique. Avant de partir j'avais révisé toute l'histoire de la construction du Transsibérien et aussi celle de la Russie. J'avais en tête des images de révolution, des tragédies staliniennes, des dorures tsaristes, des contes d'hiver. De la Sibérie, j'avais gardé l'écho des camps, des tigres des neiges, des nuits éternelles, des jours interminables, des territoires immenses et vierges, des milliers de kilomètres de rails.

J'étais fin prêt et impatient. Le vol jusqu'à Moscou me parut interminable et une fois à l'aéroport, je me dépêchai de rejoindre la gare. En posant mes bagages, veste, bonnet et gants, je me disais que j'aurais pu prendre le temps de visiter la ville, au lieu de me précipiter, mais je n'avais jamais su gérer mon temps. Une fois installé, j'écoutai les machines ronronner, les divers bruit d'un train qui s'éveillait et se préparait à partir et aussi les fanfares sur les quais, les cris des vendeurs de souvenirs. J'étais plongé dans cette contemplation auditive quand la porte du compartiment s'ouvrit, un homme jeune d'une trentaine d'années, brun, aux yeux clairs, habillé en groom se présenta :

« Bonjour monsieur, je m'appelle Dimitri, je suis votre capitaine de wagon, si vous avez besoin de quoique ce soit, n'hésitez pas. Je vous souhaite un agréable séjour dans notre train. »

Je le remerciai dans mon russe approximatif, il sourit et sortit en sifflotant. Je remarquai une agréable odeur de bergamote. Je me calai dans le fauteuil et le train s'ébranla sous les applaudissements d'une foule compacte et joyeuse.

Je commençai à prendre des notes mais je fus vite lassé et je remis à plus tard l'écriture de mon journal de voyage. Je regardais le paysage défiler, des maisons grises, comme dans toutes les banlieues du monde et puis le début de la campagne, des arbres, des vallonnements, une douceur hypnotique. Avant de m'endormir, je pensai à une vieille comptine : « *Y'avait autrefois douze brigands et leur chef était Koudiar...* »

- Tu dors ?

Je me réveillai en sursaut. Face à moi un petit garçon de sept ou huit ans me regardait fixement. Il répéta sa question :

- Tu dors ?
- Plus maintenant, lui répondis-je. Où sont tes parents ?

Il ignora ma question et reprit :

- Parce que si tu dors, je m'en vais. Je n'ai pas fait tout ce voyage pour regarder quelqu'un dormir.

Je tiquai sur la dernière phrase. Je le regardai plus attentivement. Les cheveux courts, très bruns, un épi rebelle, des yeux marron foncé, perçants, un petit nez régulier, une grande bouche très rouge, un menton qu'il pointait en avant comme un guerrier. Il était vêtu

sobrement et chaudement et avait aux pieds une paire de
baskets invraisemblables.

- C'est pour courir plus vite, comme s'il avait deviné
  mon étonnement. Je crois que je peux aller aussi
  vite que le train.

J'étais totalement désarçonné. Cet enfant m'était familier
mais je ne savais pas d'où. Un souvenir fugace, des cailloux
sous les chaussures qui traînent. Je reposai ma question

- Où sont tes parents ? Tu voyages seul ?
- Non, puisque je suis avec toi et ne t'inquiète pas, ils
  sont là tout près.

C'était censé me rassurer, mais ça ne fit qu'accroître mon
malaise.

Le train filait maintenant, il gémissait par instant quand il
passait des aiguillages. J'entendais des bruits de voix dans le
couloir, un rire dans un autre compartiment. L'enfant ne
bougeait pas d'un pouce. Je n'avais jamais vu une telle
patience, d'habitude un enfant ça remue les jambes, ça se
gratte l'oreille, ça se pince le nez, ça se ronge les ongles, ça
fait des grimaces. Celui-là ne faisait rien. Il me faisait penser
vaguement à ce que j'étais, fuyant la compagnie des autres,
à rester des heures entières devant mes soldats de plomb.
Finalement il n'était pas étrange, il était comme moi. Avant
que Dimitri ne rentre, j'avais senti son parfum spécial
comme une signature. Il avait ouvert doucement la porte
pour s'assurer que tout allait bien. Il ne s'adressa qu'à moi
et ne sembla pas surpris de la présence du petit bonhomme.
Il referma la porte en me disant que le repas serait bientôt
servi mais qu'il viendrait me chercher. Je regardai ma
montre, presqu'une journée s'était écoulée, le temps défilait
au rythme de la motrice, de plus en plus vite. Le gamin
rompit le silence qui s'installait.

- On ne se rend jamais compte du temps qui passe et quand on s'en rend compte il est bien tard. Avant de dîner je vais te raconter une histoire, une histoire russe puisqu'on est dans le Transsibérien.
- Et si on était en pleine mer ? lui demandai-je amusé.
- Je t'aurais raconté des histoires de pirates et de marins.
- Vas-y je t'écoute.

Sans se faire prier, il me raconta l'histoire de *Baba Yaga*, la sorcière aux dents de fer qui vivait dans une cabane sur des pattes de poules et qui bouffait tous les gosses qui passaient à sa portée. Il mit tant d'ardeur dans le récit que je fus réellement soulagé que la sorcière se soit plantée. J'en aurais ri de bien-être. Il me regarda avec un sourire pour la première fois et me dit :

- Tu n'as rien oublié. J'en aurais d'autres à raconter, tous ces contes des pays des neiges, tous ces trolls, ces sorcières, ces chats roublards mais on m'attend. Je dois y aller.

Il se leva et se dirigea vers la porte. Je lui demandai son prénom. Il me répondit

- Tu le sais déjà.

Il sortit fièrement, pas d'autre mot, fièrement, me laissant bouche bée. Je sortis en hâte mon carnet pour ne pas perdre une miette de cette entrevue, mais je me laissai très vite absorbé par le paysage blanc et ras qui semblait courir plus vite que le train, Taïga blues. Je fus surpris par le silence qui régnait dans le couloir, les essieux paraissaient huilés, aucun à-coup. Je ne voyais plus rien. La nuit était tombée sur les ombres des corps, des paroles perdues, musique de fragments d'univers disparates, assemblés là comme des puzzles impossibles à construire.

Le cœur est en attente. Un désir qui ne vient pas. Retrouver l'innocence, la peur des ombres, les fantômes inconnus, les sorcières sanguinaires, les ogres insatiables. La nuit s'aventure et s'éteint. Les étoiles des morts sont figées.

Je fus tiré très discrètement de ma méditation, à peine un effleurement d'épaule. Dimitri se tenait devant moi.

- Le repas va être servi, suivez-moi, sinon vous risquez de vous perdre.

Je pris mon manteau et j'obéis en me demandant comment se perdre dans un train.

Derrière mon guide, j'arrivai bientôt dans la salle à manger roulante. Un décor de film.

Tout rappelait les anciens fastes, nappes blanches damassées, petites lampes Bauhaus, verres en cristal de bohème, argenterie, je n'aurai pas été surpris de voir débarquer des cosaques ou des échappés d'Agatha Christie qui se seraient trompés d'itinéraire. Dimitri m'emmena à ma table, avec un carton tarabiscoté à mon nom. Toutes les autres étaient occupées et personne ne fit attention à moi. Je cherchai du regard le petit garçon mais en vain, il devait peut-être prendre son repas dans un compartiment privé. Je décidai de l'oublier et me concentrai sur le menu et sur la carte des vins. Après avoir commandé ce qu'il y avait de plus commun – j'avais un budget limité- je repensai à la dernière phrase du garçon : « tu le sais déjà ». D'habitude les oracles ne se baladaient pas en transports ferroviaires luxueux mais il fallait croire que les temps avaient changé et qu'ils s'étaient adaptés pour ne pas se perdre. Malgré la bonne humeur qui régnait dans la salle, je sentais de l'étrange. Tout le monde était habillé comme il se doit au 21ème siècle, mais ils paraissaient déguisés, un bal de momies fringuées par Galliano. En regardant Dimitri qui me servait, je ne pus m'empêcher de penser aux phrases de

Dostoïevski dans les Démons : *Ses cheveux étaient comme vraiment très noirs, ses yeux clairs comme vraiment très paisibles, le teint comme vraiment très tendre et pâle, mais d'une santé comme trop claire et certaine, ses dents de vrais rangs de perles, ses lèvres, du corail- on aurait dit, le plus bel homme possible, et, en même temps, il avait quelque chose de repoussant. On disait que son visage faisait penser à un masque : du reste on disait beaucoup de choses....*

- C'est vrai, on dit beaucoup de choses mais pas l'essentiel, dit-il avec ce sourire de circonstance.

Je me demandai si je n'avais pas réfléchi à haute voix. Préoccupé, je me dépêchai de finir mon repas et je regagnai mon compartiment sans Dimitri et avec une bouteille de vodka. Si j'hallucinai, au moins ce serait pour quelque chose. Le ventre de la machine folle, on m'en avait parlé comme d'une légende urbaine, mais là c'était en direct, le luxe s'était estompé, des couloirs brinquebalants de plus en plus étroits, bruyants. Une humanité parquée sur des couchettes superposées, odeur de pauvreté, crasse, savon de première main, choux, viande légèrement avariée, juste ce qu'il fallait, un rien décalé. L'odeur des murs fissurés, des escaliers branlants, sueurs, vêtements mis et remis. L'odeur de l'exil imposé, des emplois minables. Pour se reposer, des pièces sans rêves, des pièces sans amour, sans tain ; l'odeur des rencontres ballotées, ici c'était ailleurs.

M'étais enfui, aucun sens de la direction. Bergamote et sifflements, enjambées telluriques, Dimitri le guide. Sommeil de brute, rythme des roues, choc des aiguillages, Annonces de gares, trop fatigué. Le carnet par terre, la bouche ouverte, un filet de bave, retour du ciel sombre du compartiment. Me levai encore tremblant, pissai longuement, pris une douche et à peu près d'équerre, je risquai la sonnette. La porte s'ouvrit immédiatement. Dimitri en pleine forme.

- La nuit fut agitée, je vous avais prévenu, on peut se perdre même dans les trains.
- Quel jour sommes-nous ? J'ai perdu le fil ?
- Celui que vous voulez. Les gares se sont succédé.
- On en est au petit déjeuner ? Au déjeuner ? Au dîner ?
- C'est à vous de voir, on dira petit-déjeuner, pour remettre de l'ordre mais c'est très aléatoire.

J'avais une faim de Cro-Magnon. Direction le salon du matin, mines fatiguées ou réjouies, des figures nouvelles, et à ma table, un intrus. Un adolescent était assis et semblait m'attendre en lisant un journal. Il commanda la même chose que moi et nous attendîmes. Une fois servis, nous mangeâmes en silence en nous lançant des regards en dessous. Je devais avoir une mine épouvantable. Lui au contraire avait l'air reposé, l'œil vif, les mains élégantes. Il était mince, plutôt bien bâti, vêtu d'un jean noir, d'une chemise blanche sur t-shirt noir, une veste à capuche sur le dos de la chaise. Il ressemblait au petit garçon du début du voyage. J'allais voir défiler toute la famille, fallait croire qu'ils m'avaient pris en affection, une tribu d'anges gardiens. Je me retins de lui poser la question. Une fois la dernière bouchée avalée, il se recula un peu comme pour mieux me voir et me dit avec une voix grave qui tranchait avec son physique.
- Qu'est-ce que vous allez retenir de ce voyage ?

Je trouvai qu'il avait du culot et qu'il se mêlait de ce qui ne le regardait pas. Mais la présence de Dimitri derrière moi me poussa à répondre.
- Je ne sais pas encore, je n'ai pas eu le temps d'y penser, trop de dépaysements, trop de fuites du temps, je n'ai même encore rien écrit. Pour les 100 ans je m'attendais à une fête spéciale et je ne vois

70

qu'un quotidien étrange, une sorte de tunnel où
j'émerge de temps en temps.
-   Je ne parlais pas du Transsibérien, je parlais de
    votre vie, c'est bien un voyage ? Je suis à l'aube de
    la mienne et mes rêves me tiennent chaud. Et vous
    qu'en avez-vous fait ?
J'étais au bord de la suffocation, et des larmes. Les rêves
saccagés ne se réparaient pas et j'en avais massacré un
grand nombre, même tous en y pensant. Un cimetière de
chimères, un génocide d'espoirs. Aucune excuse, j'avais
l'illusion d'être important, d'avoir réussi ma vie, mais je
n'étais qu'un grouillot de deuxième zone qui tentait de
maquiller sa cinquantaine solitaire en pérorant sur les aléas
du système, j'avais même fui devant l'image de la misère
dans ces wagons sans noms. J'avais envie de lui dire que
j'étais une merde et de la pire espèce. Un sursaut de fierté
ou un éclair de lucidité.
-   Je ne retiendrai rien, parce qu'il n'y a rien à retenir si
    ce n'est la vie elle-même. Ravi de vous avoir
    rencontré et bonjour à votre frère. Au moins il
    racontait des histoires.
Il se contenta d'hocher la tête avec un petit sourire
narquois. Je le plantai là et je retournai, dans mon antre,
dans ma matrice sacrificielle. J'avais été envoyé à une
Samovar Party et je me retrouvai dans la Malédiction
poursuivi par des enfants et des ados vénéneux épaulés par
un chambellan démoniaque à l'odeur persistante de
bergamote. Vivement le bout des rails. Mon vœu fut
exaucé. Le reste du trajet se déroula calmement. J'en
profitai pour recueillir les impressions des passagers pour
mon article sur ce mythe roulant. C'était très loin de ce que
j'avais vécu ; le mot *rêve* revenait souvent chez les hommes
ou chez les femmes, *voyage de noce*, *lune de miel*, *dernier voyage*,

leseul de ma vie, je n'oublierai jamais, des superlatifs enflés. Je cherchai aussi à rencontrer les autres, les sans noms, les sans grades, les gueux, les fantômes des cheminots, mais le chemin de ces wagons de misère était gommé de ma mémoire.

On approchait de Vladivostok, les paysages changeaient, quelques oiseaux marins se risquaient, l'air était plus léger. Une semaine dans le ventre de la bête et une envie de l'océan, du grand, pensai à Kerouac et ses falaises hallucinées de Big Sur. Le train ralentissait de plus en plus, des maisons, des usines, des banlieues, un besoin d'uniformité. Enfin la Gare, la dernière, l'ultime. Arrêt total. Population en liesse, fanfares d'arrivée. Impatience des voyageurs de retrouver l'espace. Je jetai un coup d'œil en forme d'adieu sur mon univers confiné, prisonnier libéré sur parole, troublé de sa liberté retrouvée. J'attendis que tout le monde soit sorti et je descendis avec précaution. Même si l'air était empuanti de toutes sortes d'émanations, il me parut d'une pureté incomparable. Je respirai à plein poumons et muni de mes bagages je me dirigeai vers la sortie. Au bout du quai, le petit garçon, l'adolescent et un vieil homme étaient là à m'attendre. Je cherchai un moyen de leur échapper mais le vieillard se détacha du groupe et vint vers moi.

- Je tenais à vous saluer et vous dire que le chemin est encore long et que vous pouvez le suivre. Vous êtes à un carrefour et parfois un mauvais train vous emmène à la bonne gare. Pensez-y.

Il rejoignit les deux autres et se perdirent dans la foule. Je sortis de la gare remâchant la dernière phrase. Une voiture s'arrêta devant moi. A l'odeur de bergamote je sus immédiatement que c'était Dimitri qui conduisait. Sans son uniforme il était méconnaissable, il mit mes bagages dans le coffre et m'ouvrit la portière. Je lui dis avec une pointe d'ironie :

- Le service après-vente est impeccable je le mettrai dans l'article.
- Vous n'en ferez rien, répondit-il.
- Et pourquoi ?
- Parce que vous n'avez rien vu. Vous vous êtes seulement rencontré à différents moments et vous ne vous êtes même pas reconnu. Les histoires de l'enfant, l'insolence de l'adolescent, les conseils du vieil homme ; au moins vous avez un avenir si vous l'écoutez.
- Mais qui êtes-vous ?
- L'Esprit du Transsibérien. Il n'y a pas de billet de retour.

La cinquième statue

Toutes les obscurités n'ont pas le même silence.

P. Assouline. Etat Limite.

Et j'ai senti que chacun est un monde.

H. Barbusse. L'enfer.

La rencontre

Il y a tout une époque entre nous et aujourd'hui, un pays entier de neige.

Stéphane Mallarmé.

Vincenzo Pereta, le grand Vincenzo Pereta, le célèbre Vincenzo Pereta, est assis sur son lit, ses jambes maigres, nues, se balancent comme quand il était enfant. Il hésite. Le froid, la peur d'une nouvelle journée à affronter. Il se décide et à pas tremblants, va à la salle de bain. Le miroir lui renvoie une image ridée, rabougrie, flétrie, les cheveux rares, la bouche affaissée, les épaules maigres, voûtées, un ventre mou, un sexe flasque.Ses yeux se noient de vieillesse, la couleur de l'iris commence à pâlir.C'est comme ses doigts, douloureux, un peu tordus, les mains d'un autre, des mains mourantes. Le pire, ce sont les jours de pluie, il devient une immense douleur et il a l'impression de ne plus pouvoir avancer.

Tous les jours, c'est cet inconnu qu'il rencontre. Et il faut faire avec. C'est le dernier miroir qui reste. Il a fait couvrir tous les autres dans son Palais romain, des voiles de deuil, pour son corps en deuil ; il n'arrive pas à se résoudre et pourtant...... Après ça, il avait congédié tout le monde, pas envie de montrer son naufrage. C'est le matin qui est le plus dur.

Il faut que la vieille machine se remette en route. Il pense à une ancienne locomotive à bout de souffle qui ne crache plus que quelques nuages poussifs, qui grince de tous ses rouages. Au moins les locomotives s'arrêtent seules. Lui n'en a pas le courage ou la volonté ou alors de vivre, c'est une habitude impossible à se défaire. Après la douche, il se sent un peu mieux. Il s'habille lentement, chaque geste dure des heures. Il fait le tour de sa chambre, regarde longuement une photo encadrée près du lit, marmonne une sorte de prière et va à la cuisine au bout du petit couloir.

La cuisine, le lieu qu'il a particulièrement aimé au temps de sa splendeur, c'est le mot, sa jeunesse, sa splendeur. Il préparait lui-même des plats pour les invités et sa table était très courue, mais tous ses amis ont disparu. Il est le seul survivant.

Devant son bol de café noir, il entend le silence de sa demeure immense. Il a condamné la plupart des pièces Il a réduit son univers. Il se dit que la vieillesse c'est ça aussi, un univers peau de chagrin. Il aurait bouffé toute la terre et c'est elle qui va le bouffer ; il soupire, lit quelques articles du journal. Son déjeuner terminé, il se lève péniblement et trébuche, le bol valse et se brise. Il est allongé par terre. Il se tâte, rien de casser, aucune douleur. Il a la tentation de rester là et de ne plus bouger. Il n'essaie même pas d'appeler à l'aide, personne ne l'entendrait, il attend. Le carrelage est froid et il commence à avoir envie d'uriner, il ne veut pas se faire dessus. Il fait quelques mouvements, se contorsionne et parvient à se mettre à genoux et debout en s'appuyant sur la chaise. Il arrive juste à temps aux toilettes. Pendant qu'il se soulage, il se dit qu'il ne peut pas continuer comme ça et que son orgueil ne l'aidera pas à éviter les chutes et à mourir comme un cloporte sur le carrelage d'une cuisine déserte.

Il retourne dans la pièce, ramasse tant bien que mal la vaisselle cassée, passe un coup sur la table. Quand il plie le journal, il est attiré par une petite annonce : *Jeune Homme 20 ans, propre et sérieux, cherche emploi de garde à domicile pour personne âgée, homme depréférence.*

Vincenzo hésite, il se dit que c'est peut-être un gigolo mais les gigolos ne passent pas des annonces aussi naïves et il en a connu et éconduit quelques-uns. Il se décide et compose le numéro. Un rendez-vous est fixé, le jour même en fin d'après-midi. Quand il raccroche, il a le cœur qui bat la chamade. Il a encore dans l'oreille cette voix jeune, chaleureuse, avec un accent étranger qu'il n'a pas réussi à identifier. Il sourit malgré lui de l'imprévu qui entre dans sa vie. Et si c'était seulement ça la vie. L'imprévu et la surprise. Il faut qu'il aille faire quelques courses pour préparer cette entrevue. Il se change et sort en fermant avec précaution la petite porte de son Palais vide.

Ârvalan n'en revient pas encore de ce coup de fil. Il avait mis cette annonce en désespoir de cause, sans trop y croire. Il ne croit plus en grand-chose. Il avait fui avec sa famille, les représailles contre les Tamoules au Sri Lanka. Ils avaient échoué en Italie et y étaient restés. Tant bien que mal, ils s'étaient installés et s'étaient fait oublier pour éviter les problèmes. La répression s'étant atténuée, ses parents étaient rentrés au pays avec sa plus jeune sœur et lui était resté avec sa grand- mère, trop vieille, trop fatiguée pour le voyage de retour, si fatiguée qu'elle était morte quelque temps après et il avait fallu s'occuper de l'incinération traditionnelle, la petite communauté l'avait aidé et les cendres étaient reparties vers sa terre natale.
De s'occuper de sa grand-mère lui avait fait découvrir un monde qu'il ne soupçonnait même pas, un monde lent, un monde de souvenirs vivants comme des êtres, un monde de méditations.
C'était pour tout ça qu'il avait passé cette annonce et *homme de préférence* à cause de la gêne qu'il avait eu devant le corps nu de sa grand-mère. Il pense qu'un même corps serait plus facile pour lui, moins de honte, moins de pudeur.
Il se demande à quoi ressemble cet homme ?
Au téléphone la voix paraissait assurée, raffinée même, sûrement quelqu'un d'une grande culture, avec un je ne sais quoi de désabusé, de lassitude.
Il doit se présenter le mieux possible. Il regarde sa maigre garde-robe, deux jeans, deux chemises, une blanche, une bleu ciel, un costume à carreaux gris et blancs, une cravate

toute simple, trois polos noirs, quatre slips, trois paires de chaussettes blanches, une paire de baskets bien fatiguée et une paire de chaussures de ville noires. Un manteau noir, mais il n'en aura pas besoin dans ce début septembre. Toutes les couleurs lui paraissent, ternes, usées, des vêtements sans grâce, des vêtements de pauvre. Il en a les larmes aux yeux. Il n'a jamais fait attention à ce désastre. Il se ressaisit ; il mettra le costume malgré la chaleur et la chemise blanche sans la cravate. Il ne faut pas qu'il fasse trop guindé. Il regarde l'adresse que l'autre lui a donnée, c'est dans le centre de Rome, un coin chic. Il n'est pas loin, il ira à pied pour économiser. Il prend une douche fraîche, se sèche, hésite pour l'eau de toilette et se dit autant l'éviter, ça peut incommoder. Il se regarde dans la glace de l'entrée et se trouve à peu près présentable. En fermant la porte, il adresse une prière muette à sa grand–mère et se met en route en suivant les coins d'ombre. Il arrive en avance comme toujours et devant la splendeur de la bâtisse, il est tenté de faire demi-tour mais il entend la voix du vieil homme au téléphone, il entend la détresse sous le vernis. Sa place est ici.

Il s'assoit sur un banc, sous un arbre, en attendant l'heure du rendez-vous. Il en profite pour récapituler ce qu'il doit dire, comment se présenter. Il n'a aucun diplôme et aucune expérience, à part sa jeunesse et sa grand-mère. Il trouve que ça fait léger et il est de nouveau tenté de repartir. Il se lève et voit arriver devant le palais, un vieil homme élégant avec un panier à provisions rempli. Il peine à avancer et s'appuie sur sa canne. Il sait que c'est lui mais il hésite et puis il se dit que de l'aider, sera une bonne entrée en matière. Il s'avance vers l'homme et dit :

- Monsieur Pereta ?

L'autre le regarde, le jauge et répond :

- Oui c'est moi jeune homme, il a envie de rajouter, le seul l'unique mais il se tait.
- Je suis Ârvalan, on s'est parlé au téléphone concernant l'annonce.
- Ah c'est vous ! Ce n'est pas encore l'heure !
- Je sais mais je suis toujours en avance, je n'arrive pas à régler mon temps, alors j'ai attendu devant chez vous et je vois que vous êtes chargé et sans laisser le temps à l'autre de répondre. Je vais vous aider.

Ârvalan prend le panier et reste sans bouger. Vincenzo Pereta est un peu contrarié de ce début, il aurait préféré que tout soit prêt et le recevoir comme il faut, mais comme c'est la journée des surprises autant y aller.

Il sort la clé de sa poche et lui dit en ouvrant la porte :
- Moi j'ai toujours été en retard pour qu'on m'attende. Savoir se faire désirer, c'est tout un art. Je vous apprendrai peut-être, mais pour l'instant suivez-moi.

Ârvalan s'est figé dans l'entrée, il n'avait jamais imaginé qu'une telle beauté puisse exister. Il regarde les plafonds peints, les colonnes de marbre, l'escalier monumental. Le Grand Temple à Tanjore ne lui avait pas fait cet effet. C'était la demeure des dieux et la démesure était une nécessité. Là, c'était la demeure d'un homme et c'était l'harmonie qui régnait mais une harmonie froide, désertée, plus proche des chambres funéraires de Pharaon que du bruissement du Brihadeshawara.

Vincenzo Pereta observe la surprise du jeune homme, il a malgré lui un sourire de fierté. Ça faisait longtemps qu'il n'avait pas vu un tel étonnement. Peut-être le sien quand il avait découvert ce palais. Il était encore jeune et débordait de vie et ce bijou était à vendre et il trouvait que pour un mécène amoureux de littérature et d'architecture, c'était le lieu idéal. Quand il avait poussé la porte, il était dans la même sidération qu'Ârvalan. Subjugué, submergé, et ce, malgré l'état du bâtiment. Peintures écaillées, marbres du sol recouverts de lino et d'autres horreurs. Il avait fait tout restaurer avec des plans d'époque et le Palais avait retrouvé sa splendeur et s'était mis à respirer et à vivre de nouveau. Il décide que ce jeune homme lui plaît parce qu'il peut encore être surpris par des murs anciens. Il faut seulement faire connaissance. Il prend son ton le plus bourru, celui qui faisait fuir ses secrétaires :

  - C'est pour aujourd'hui ou pour demain ? Je vous ferai visiter une autre fois, pour l'instant on se cantonne au rez-de-chaussée, la vieillesse réduit l'espace et les grands escaliers peuvent être de redoutables pièges. J'ai l'équilibre de plus en plus instable. Et si vous restez là, je ne pourrai pas vous préparer un repas digne de ce nom. J'espère que vous n'êtes pas attendu. Il faut bien commencer par faire connaissance. Allez bougez-vous !

Ârvalan aimerait encore rester à rêver mais la voix le ramène à sa réalité. Trouver du boulot. C'est un entretien d'embauche, même s'il est désarçonné par l'invitation au repas.

  - Personne ne m'attend, dit-il en bafouillant.
  - Parfait, direction la cuisine et ne vous extasiez pas à chaque pièce sinon on en finira jamais.

Arrivé dans la cuisine Ârvalan n'esquisse aucun geste de peur d'irriter, mais la magie continue d'opérer. C'est au moins deux fois plus grand que son studio, il trouve les carrelages somptueux. Tous les ustensiles lui paraissent des œuvres d'art. Il pense à ses deux casseroles, un peu cabossées, à ses six assiettes dépareillées et aux verres tout aussi dissemblables, sans parler des couverts.

Au centre de la pièce, une grande table en bois massif entourée de bancs couverts de coussins moelleux et multicolores. Un mélange d'ancien et de nouveau, un peu comme lui et le vieil homme. Il attend qu'il lui dise où poser le panier. Il n'ose pas demander. Sans se retourner, Vincenzo Pereta lui dit de le mettre sur la table.

- Jeune homme, il faut que je me repose un peu. Vous avez bousculé mes habitudes. Un vieux c'est réglé à la seconde près, jusqu'à ce que tout se dérègle.
- Je sais, répond Ârvalan, ma grand-mère avait des rituels très précis et c'est moi qui m'occupais d'elle.
- Quel âge avait votre grand-mère, je présume qu'elle n'est plus de ce monde puisque vous en parlez au passé ?
- Elle est partie rejoindre nos ancêtres, il y a trois mois. Elle avait 90 ans.
- Je suis désolé et vous vous êtes occupé d'elle longtemps ?
- Pendant trois ans et quand mes parents sont rentrés au Sri Lanka, elle était trop vieille pour faire le voyage de retour et je suis resté seul avec elle.
- Vous êtes Sri Lankais ? Je pensais Indien.
- Pour être précis, je suis Tamoule et on a dû fuir la répression.
- Vous parlez très bien italien.
- Je suis ici depuis l'âge de 8 ans
- Et vous avez ?
- 20 ans.

- 20 ans ! Magnifique. Je sais que je ne vous ai pas encore engagé et vous êtes libre de refuser, mais pourriez-vous me rendre un petit service ?
- J'en serais honoré.
- J'ai oublié, comme beaucoup de choses ces temps-ci, de prendre mon costume chez le teinturier. Je vous donne le ticket pour le retirer, l'adresse est dessus. C'est à trois rues d'ici. Un presque voyage pour moi à cette heure-ci. Prenez la clé, ça m'évitera de traverser le hall pour vous ouvrir. Vous pouvez laisser votre veste là, il fait chaud dehors.

Ârvalan prend la clé, met le ticket dans la poche de son pantalon et sort. Une fois dehors, il respire un grand coup. Tout à l'air de bien se passer. Il tente de se repérer dans le quartier et part à la recherche du pressing.

Vincenzo Pereta, fait ce qu'il appelle « un retour sur lui-même », une veille habitude après les premières impressions. Ce jeune homme lui paraît sincère, honnête, sans malice et il a toujours apprécié les déracinés, cette force qui pousse à vivre coûte que coûte. Il va lui préparer un repas de bienvenue et ils règleront les derniers détails autour d'un bon plat.
Pour l'instant il n'a pas perdu la main. Comme on est un jeudi, tradition oblige, ce sera des gnocchis de pommes de terre avec une sauce tomate et basilic et un tiramisu de chez Cesare, en entrée, une scarole tiède aux pignons et aux amandes, le tout, arrosé d'Antinori. Il déballe toutes les courses et se met aux fourneaux.
Il a un coup de blues. C'est la première fois depuis longtemps qu'il attend quelqu'un. Et si ça ne marchait pas ? Ce matin, il ne connaissait pas ce jeune homme et

maintenant l'idée d'être seul, le terrifie. Il secoue la tête, comme pour chasser ses pensées tordues et dit à haute voix : « Allez Vincenzo, au boulot, montre que tu es encore capable de quelque chose ».

Après des tours et des détours, Ârvalan arrive au pressing, il donne le ticket à un homme d'environ la cinquantaine, petit, trapu, les cheveux ras. Ce dernier disparaît dans la pièce attenante et revient avec un costume gris, en lui donnant, il lui dit d'un ton doucereux :
  - Vous transmettrez mes amitiés à Monsieur Pereta, j'espère qu'il n'est pas souffrant, avec cette chaleur qui n'arrête pas !
Ârvalan lui répond que tout va bien et que Monsieur Pereta se porte bien et qu'il était occupé, alors il a demandé de le dépanner. Il sent la curiosité de l'autre et il essaie de couper court, mais le commerçant insiste :
  - C'est qu'il n'a pas l'habitude de faire faire ses courses, alors on se renseigne et puis vous êtes nouveau dans le quartier. Avec tout ce qui se passe.
Le jeune homme de plus en plus mal à l'aise se sent obligé de se justifier :
  - Je viens d'arriver, c'est mon premier jour chez Monsieur Pereta.
  - Vous n'êtes pas d'ici ? Je veux dire vous n'êtes pas italien ?
  - Sri Lankais et je suis ici depuis l'âge de huit ans.
L'autre le regarde comme un extra-terrestre, dans son crâne c'est la tempête, il doit se demander où est le Sri Lanka et comment ce garçon a pu rentrer en contact avec Monsieur Pereta. Profitant de ce silence, Ârvalan dit au revoir le plus poliment possible et s'en va.

Sur le chemin du retour, il se demande s'il doit en parler ou pas. Il a tellement l'habitude de ces situations, qu'il n'y fait plus attention, mais se sent à chaque fois blessé, pas en colère, blessé c'est le mot juste, comme si on lui portait des coups répétés avec un petit couteau. Il verra bien si ça vient sur le tapis, il en parlera. Pour l'instant, il est soulagé, il envisage son avenir autrement.

Vincenzo Pereta finit de préparer la table quand il entend le jeune-homme, il est soulagé. Il ne sait pas pourquoi précisément, pas quelque chose de soupçonneux, non quelque chose qui ressemble à un père inquietqui attend son fils. S'il se met à avoir des pensées pareilles dès le début, qu'est-ce que ça va être par la suite ? Il a toujours été comme ça. Les ombres ont la peau dure. Lucio lui revient, son seul amour. Ce dernier aimait le surprendre. Il marchait à pas de loup et quand il était tout près de Vincenzo, il lui murmurait : « C'est moi, tu m'as attendu j'espère. » Vincenzo sursautait à chaque fois, mais plus pour lui faire plaisir. Les jeux d'amour, une surprenante répétition. Il avait tellement espéré devenir vieux avec lui, tellement pensé à des vieilles caresses complices, à l'enlacement de leurs corps chenus comme des arbres centenaires couverts de lianes qu'il n'avait pas vu arriver ce putain de Sida. Lucio était devenu vieux avant l'âge et très rapidement. Il l'avait accompagné avec ce souffle de vie et cette culpabilité de n'être pas infecté. Encore survivant. Quinze ans après, il se souvient précisément de la dernière matinée, des yeux qui se ferment, du visage qui se fige, de son errance à travers la ville, à n'être plus rien que cette douleur au creux du ventre. La crémation fut somptueuse mais le faste c'est comme un lifting, il n'y a que la façade qui tient.

Il faut qu'il se calme. Le jeune homme n'est pas un ami, même pas une relation, c'est un garçon qui cherche un travail et l'employeur c'est lui.

- Posez-le sur le sofa dans l'entrée et venez, j'ai presque fini. Voilà, asseyez-vous là. Et en voyant la tête du garçon : Tout s'est bien passé ?
- Oui.
- Oui, oui ou oui hum ?
- Oui hum. Et Ârvalan lui raconte l'échange avec le patron du pressing.
- Ça ne m'étonne pas, encore un qui doit voter MSI ou pour la Ligue du Nord, on ne se débarrassera jamais de ces ordures. En plus, j'ai refusé, poliment certes, d'embaucher sa cousine ou sa nièce, je ne sais plus. Pas envie qu'elle viennefoutre le nez dans mes affaires, en plus elle était d'une laideur à faire peur. Détendez-vous, on a à parler affaire maintenant. Vous buvez de l'alcool ?
- Oui, mais je n'ai pas l'habitude d'en boire.
- Tant mieux, comme ça je n'aurai pas à planquer mes bouteilles. Mais aujourd'hui, c'est exceptionnel et puis vous ne conduisez pas et j'aime bien discuter autour d'un verre. Ça rapproche. Campari, Whisky ?

La soirée se déroule sans accrocs, des moments de vagues, des échanges de regards, parfois des silences, des souvenirs qui effleurent de part et d'autre mais qui ne vont pas jusqu'au bout, seulement un fragment de rivage où aborder sans se noyer. S'habituer à la présence de l'autre, à ses gestes, à ses retraits, à sa chaleur, à ses mots, et se glisser dans ces interstices, pour découvrir ce qui le fonde.

Le sens de la rencontre qu'elle soit amoureuse, amicale, professionnelle, c'est toujours ce voyage en aveugle vers une destination inconnue. On cherche à se rassurer en posant des balises, mais rien ne tient en définitif, si ce n'est ces éclats de peau comme des éclats de miroir qui renvoient les images déformées. Le qui suis-je pour être à l'autre est une question sans réponse à devenir fou.

Ils évitent la souffrance de la vieillesse et de la perte pour Vincenzo et celle de l'exil pour Ârvalan. Ils parlent longtemps de solitude, de leurs solitudes sans les nommer. L'envers des phrases est explicite. Pudeur et anxiété de l'horloge qui égrène les heures avant de se dire au revoir. Et s'il n'y avait pas de lendemain ? Ils ne veulent y penser ni l'un ni l'autre. Vincenzo provoque le départ, après tout c'est lui le patron.

- Il se fait tard et je ne voudrais pas vous retarder, vous devez avoir autre chose à faire à votre âge. Pour moi c'est d'accord et si vous êtes toujours intéressé, vous êtes embauché. Une dernière question : que signifie votre prénom ?
- Homme d'amour et d'affection.
- Ce n'est pas un talent c'est un don. Si vous êtes aussi libre que vous le dites, vous pouvez commencer dès demain. Je vous attends vers huit heures. Ça vous va ?
- J'en serai honoré.
- Arrêtez d'être honoré, je ne suis que moi, un vieux bonhomme ronchon qui a besoin de vous et de votre jeunesse et soyez ponctuel.

Vincenzo, range tout. Il a tenu à le faire seul. Avant d'aller dans sa chambre, il s'offre un dernier cognac, assis sur la première marche de l'escalier monumental plongé dans le noir. Il trinque aux fantômes du passé et à l'arrivée de *l'homme d'amour et d'affection.*

Ârvalan, ne rentre pas directement. Il s'attarde devant les vitrines encore éclairées. Il aimerait se balader au bord du Tibre pour écouter l'eau couler mais la saleté le dissuade. Il continue sa route au hasard. Il finit par rentrer chez lui. Se déshabille, prend une douche, se couche et met le réveil. Quand il s'endort, il entend sa grand-mère lui dire :
« Parfois un mauvais train vous emmène à la bonne gare. »

Benitolepatron du pressing n'en finit plus de pester contre tous ces métèques qui bouffent le pain des braves italiens et contre tous ces vieux artistes vicieux qui méprisent le brave peuple. Ah si le Duce était encore là ! Le Pereta se la ramènerait moins. La décadence, c'est ça. La décadence ! Il est sûr que le vieux se tape le moricaud. De toutes les manières, ils sont tous prêts à vendre leur cul, fainéants et vicieux et voleurs. Une fois qu'il lui aura tout pris, le vioc viendra chialer, et il l'enverra chier comme une vieille merde. Oui, il fera ça, il leur montrera à tous ses parasites, qu'il a des couilles et ils rigoleront moins. Mais d'abord il va s'occuper du métèque. Lâches comme ils sont, il ne tardera pas à se barrer et à retourner manger ses bananes.

Le désir

L'amour est une fumée faite des vapeurs des soupirs.
Shakespeare.

Les hommes vivent le jour, les objets vivent la nuit, moi je
vis tout le temps.
Yves Navarre.

Lavé, rasé, habillé Vincenzo est prêt avant l'arrivée du jeune homme.

Il le fait entrer et l'emmène à la cuisine. Il a ouvert une pièce attenante et l'a aérée, elle n'avait pas servi depuis le départ de son personnel et sentait le renfermé. C'est là qu'ils rangeaient leurs affaires. La première pièce à revivre. Il espère qu'il y en aura beaucoup d'autres. En ouvrant les fenêtres, il respire l'air un peu plus frais du matin, un matin clair sans nuages. La chaleur n'est pas encore là. Un chat famélique traverse la rue sans se presser. Il a toujours aimé voir un chat errant sur les pavés au petit matin quand il rentrait. Ça fait longtemps qu'il n'en avait pas vu mais ça faisait longtemps qu'il n'avait pas ouvert une fenêtre.

- Cette pièce est votre domaine dit-il à Ârvalan, elle n'est pas très grande mais vous pouvez la décorer à votre goût, sans changer les meubles, vous pouvez amener ce qui vous paraît nécessaire. Vous avez laissé tomber le costume de cérémonie, vous êtes mieux comme ça. Près de la fenêtre, derrière cette porte, il y a une douche et des toilettes, s'il vous manque quelque chose, dites-le-moi. Il reste du café, je vais vous le servir et vous expliquerai ce que j'attends de vous. Je vous laisse vous installer, je suis à côté.

Ârvalan regarde son domaine. Il pose son sac dans un coin pour ne rien déranger et va rejoindre le vieil homme à la cuisine. Le café sent bon. Vincenzo l'invite à s'asseoir. Le jeune homme prend la même place que la veille.

- A peine arrivé et déjà une habitude dit gentiment Vincenzo. Ne bougez pas, je plaisantais, mais c'est vrai que nous nous installons vite, ce besoin absolu de repères. Enfin je ne vais pas vous faire un cours

92

de psycho, mais à mon âge on observe beaucoup de choses et on radote tout autant.

Ârvalan attend les consignes en sirotant son café. Il remarque que Vincenzo a les mains qui tremblent par instant et qu'il les tient l'une contre l'autre pour les empêcher de bouger. Il aime le café italien et il en boirait bien un autre mais n'ose pas demander. Comme s'il avait deviné, Vincenzo sert une autre tasse et lui donne son emploi du temps, en s'excusant.

- Ce n'est pas facile de se faire aider. Je me suis fait beaucoup seconder dans ma vie mais comme un chef d'entreprise, je ne pouvais pas être partout à la fois, alors je déléguais, mais là c'est différent, c'est une aide que je vous demande où vous impose, pour me maintenir à flot, la tête hors de l'eau encore un instant, devenir vieux c'est renoncé et je ne veux pas renoncer. J'aime vivre, même si les troupes de la nuit me rappellent tout ce cortège de deuils mais je ne peux tout simplement plus entretenir tout ça et je ne veux pas que ça devienne un mausolée. Il y a eu trop de rires, trop de fêtes, trop d'abandons, les murs s'en souviennent et je crois à la mémoire des murs. J'espère que vous me suivez ?

Ârvalan hoche la tête et répond :

- Je suis là pour ça, n'oubliez pas que c'est moi qui aie passé une annonce et je savais à quoi m'attendre même si je ne savais pas à qui m'attendre et je vous écoute et vous regarde et je suis là. Il est temps que je m'y mette.Sinon comme vous dites on n'en finira jamais. Je commence par où ?

- Par le rez-de-chaussée, on verra par la suite pour le reste. Je suis dans mon bureau et si vous pouviez faire aussi ma chambre.

Le jeune homme se lève, rince les tasses, les range, va se changer et commence le ménage.

Vincenzo Pereta dans son bureau se laisse bercer par cette présence nouvelle, des bruits de pas, un bourdonnement d'aspirateur, l'odeur du détergent, de la cire. Il met Tosca en sourdine et monte le son quand arrive le *Te Deum*, les frissons reviennent ; le soleil est plus chaud aujourd'hui. Il ouvre les deux grandes portes fenêtres et laisse entrer le jardin en friche. Les quatre statues sont couvertes de lichen comme le socle vide, le bassin est à sec, les palmiers font la gueule et les massifs de roses sont rabougris, des herbes folles ont tout envahi, deux transats finissent de moisir près des escaliers, même la tonnelle ressemble aux kiosques à musique, fantomatiques. Il se dit que le parc est comme lui, déserté. Il descend avec précaution les marches et reste là au milieu du jardin, à se perdre un instant.

Ses vingt ans, il les avait passés sans s'en rendre compte, dans une euphorie sanglante. Le Duce était mort et tous ses sbires se cachaient comme des rats dans leurs trous, à croire que le fascisme s'était installé tout seul par la voie du Saint Esprit. Il pleuvait des résistants qui racontaient leurs faits d'armes, au moins ils avaient de l'imagination, une grande gueule, qui compensait leur lâcheté pendant ces années terribles. Les autres, les vrais, tentaient de remettre le pays en ordre de vie. Après cette période de bêtise crasse et brutale, une sorte de printemps de l'intelligence émergea, un bouillonnement créatif, films, poèmes, théâtres. Vincenzo se plongea dans ce monde avec toute la rage de sa jeunesse et l'impossible devint possible. Le jeune étudiant timide devint une figure incontournable. Il avait commencé en s'associant dans une petite maison d'édition qu'il avait orientée en publiant des ouvrages révolutionnaires, puis une collection de poètes, romanciers, auteurs de théâtre. La maison avait prospéré et lui avait permis de financer des films, des pièces, des opéras, des expositions. Il se définissait comme infra artiste ou passeur de création et comme il avait un sens inné des affaires, il se retrouva à la tête d'une véritable entreprise culturelle protéiforme. Il aurait pu se perdre mais sa haine de tout ce qui ressemblait de près ou de loin au fascisme, l'avait préservé. Il avait cru à un progrès constant et puis il y eut les années de plomb. Les ordures s'étaient recyclées, avaient changé d'habit, avaient adopté un discours policé, mais c'était toujours cette même pourriture. Pendant un temps, il avait eu des sympathies de cœur avec les Brigades Rouges, mais il avait vu aussi l'impasse immédiatement. L'exemplarité de la violence n'a aucun sens. Il avait pressenti la tragédie et s'était refermé sur lui en préservant tout ce qu'il avait construit. Il n'était pas fier, seulement résigné mais rien n'était joué. Et il avait rencontré Lucio. Il en sourit encore. Il se tient au bord du monde pelé de son jardin désolé, la tête furieuse d'images palpables, comme une peau chaude de soleil.

- Monsieur Pereta, monsieur Pereta, ça va ?

Il met un temps à reconnaître le jeune homme brun qui lui parle. Il se reprend.

- Oui Ârvalan, ça va, j'étais perdu dans mon passé.
- Comme vous ne bougiez plus, j'ai cru que vous faisiez un malaise.
- Merci de vous être inquiété, ça faisait longtemps que je n'avais pas fait cette plongée, c'est sûrement

grâce à vous. Et en regardant le jardin : je crois que
ce parc a besoin d'un coup de jeune, vous pensez
pouvoir le faire ?
- Sans problèmes, ça sera un peu long mais on a du
temps répond Ârvalan.
- Oui vous avez raison, en tous les cas vous, vous
avez du temps. Aidez-moi à remonter ces satanées
marches, je suis resté un peu trop longtemps
immobile. Et puis ne m'appelez plus Monsieur
Péreta, Vincenzo suffira.

Les couleurs du ciel changent, un soleil rasant, des feuilles
qui jonchent le sol, un froid matinal, imaginer les neiges,
mais à Rome ce n'est qu'une question d'imagination.
Ârvalan a la ponctualité d'un coucou suisse et la vieille
demeure retient son souffle, encore tout étonnée de cet
intrus du bout du monde. Méthodiquement, pièce par
pièce, il enlève la poussière, traque la vie dans ses moindres
recoins et la remet en place. Le parc reprend son aspect
d'hiver, loin de la désolation. Les signes du déclin ont
disparu, chaises longues, table de jardin rouillée, chaises
défoncées. Les statues se dressent de nouveau
resplendissantes. Il entre de plus en plus dans l'intimité
mais il garde une distance respectueuse avec ce monsieur
Pereta qu'il a fini par appeler Vincenzo.
Ils dînent souvent ensemble, de plus en plus souvent, et le
jeune homme s'abreuve d'histoires. Il s'arrête quand la voix
se met à trembler, et que des sanglots remontent. Dans ces
moments-là, il laisse son hôte, prétextant un rendez-vous
en sachant que l'autre n'est pas dupe.
Il retourne chez lui en traînant cet ennui du déracinement.
Deux ou trois fois, il s'est senti suivi par des ombres, dès sa
sortie du Palais, mais n'y a pas fait attention.

Un soir banal, son studio saccagé, ses vêtements déchirés, sa vaisselle cassée, l'autel de sa grand-mère renversé, son matelas défoncé et des inscriptions sur les murs : « Dehors les métèques », « On veut pas de suceurs de bites », « Crève salope. » Il n'a rien nettoyé, il est resté là au milieu du désordre jusqu'au matin et il est retourné chez Vincenzo, décidé à tout plaquer. Il prend le café comme d'habitude. Vincenzo l'observe en silence. Il voit les cernes, les yeux vagues, les mains nerveuses, la jambe droite qui s'agite, la lèvre du dessous qui tremble comme les enfants qui se retiennent d'éclater en sanglots.

- Ârvalan que s'est-il passé hier soir ? Un chagrin d'amour ?

Le jeune homme ne répond pas. Vincenzo insiste.

- Vous pouvez tout me dire, j'en ai tellement vu que rien ne peut me choquer, vous pouvez me faire confiance. Je n'ai que vous et vous n'avez que moi.

Ârvalan pousse un soupir.

- Oui je n'ai que vous répond-il et vous êtes bon avec moi, aussi je ne veux pas vous causer d'ennui.

- Parlez, je vous écoute. N'ayez pas peur.

Ârvalan lui raconte tout, les meubles cassés, le matelas éventré, l'autel de sa grand-mère détruit et surtout les injures sur le mur, des larmes jaillissent quand il annonce qu'il a décidé de partir. Le vieil homme se lève, fait quelques pas dans la cuisine, se rassoit et dit d'une voix calme :

- Quels salauds ! Mais quelles ordures ! On ne va pas se laisser faire, je sais d'où ça vient et ce fumier ne l'emportera pas au paradis, lui et son commerce de merde. D'abord vous n'allez pas partir. Je vais vous accompagner chez vous pour prendre au moins vos souvenirs et vous allez vous installer ici. Il ne manque pas de pièces et ça me rassurera de vous avoir ici. Pour vous et pour moi. Qu'est-ce que vous en dites ? Il ne faut jamais baisser les bras contre ces chiens enragés.

Ne s'attendant pas à cette réaction, Ârvalan ne sait plus quoi répondre. Il aimerait acquiescer mais il revoit ces messages de haine et il se dit qu'il ne peut pas faire courir de tels risques à un vieil homme.

- Ne vous en faites pas pour moi, cher ami, reprend Vincenzo. On dirait que le vieux tremblant, c'est vous, et le jeune, c'est moi. Je vous le redis, aucune pitié pour ces salauds de fascistes, si vous partez. Ils auront gagné. Ils ne pensent que par la terreur. Et c'est à nous de les contrer. Prenez un autre café et calmez-vous. Aujourd'hui : journée sauvetage d'Ârvalan. On retourne chez vous et ne vous inquiétez pour votre proprio, je ferai tout remettre en ordre et il aura des meubles neufs. D'accord ? Et séchez vos larmes. Vous avez votre permis ? Alors on y va. Le temps de passer quelques coups de fil et je suis votre homme. Et dans un sourire : je ne croyais pas dire ça à quatre-vingts ans !

Benito et ses complices sont dans un bar, ils se remémorent « leur exploit », ils boivent et rient. Ils imaginent la terreur du jeune homme devant le spectacle de désolation et surtout les inscriptions, puisqu'il sait parler italien, il a dû comprendre qu'il n'était pas le bienvenu et s'il ne comprend pas le premier avertissement, le deuxième sera plus explicite, peut-être des jambes cassées ou sa belle gueule bien abîmée. Ils en rêvent et se poussent du coude. Ils commencent à entonner des chants fascistes, mais le patron du bar leur dit de la mettre en sourdine, pas envie de voir

fuir toute sa clientèle. Ils l'insultent un peu et devant les menaces, ils sortent, en se promettant de revenir lui casser son bar. Ils sont dans la rue, ivres, ivres de leur pouvoir, ils font quelques pas, pissent contre un mur. La vie leur paraît belle, une Italie blanche, une Europe blanche. Face à eux, quatre hommes sortis de nulle part. Ils se regardent et soudain commencent à reculer comme des chiens peureux, cherchent à fuir, commencent à trembler, essaient de s'expliquer. Les autres ne bougent pas, on les croirait de marbre. Celui qui paraît être le chef, leur dit seulement :
« Nous sommes du Palais ! » Ils ne comprennent rien, sauf Benito. Il sait d'où ça vient. Il a un tremblement de la lèvre inférieur qu'il ne peut arrêter. Il aimerait s'excuser, dire qu'il ne savait pas, que c'était une plaisanterie de mauvais goût, mais ses complices le mépriseraient à jamais. Il se tait donc en attendant que ça lui tombe dessus. Mais rien ne vient. Celui qui s'était avancé, reprend : « On ne se salira pas les mains avec des ordures de votre espèce, enfin pas aujourd'hui, mais si quelque chose devait arriver à un certain jeune homme, même une vague allusion, un sourire ironique, vous pourrez faire vos valises, rien ne nous arrêtera. C'est compris ? » Terrifiés, ils baissent la tête. « Et maintenant dégagez ! » Ils ne se le font pas dire deux fois et s'enfuient sans se retourner.
Les quatre inconnus restent sur place. L'un deux prend son téléphone portable et dit simplement : « C'est fait ». Ils disparaissent dans la nuit.
Benito arrive à sa boutique, les jambes encore flageolantes. Il craint le pire mais tout est en place, aucun saccage. Il ricane et se reprend en regardant derrière lui. Il se jure intérieurement que le vieux lui paiera et cher, lui et son Palais.

Ârvalan s'installe au premier étage. Impression bizarre de ces pièces meublées et vides. Il pourrait dormir chaque nuit dans une différente pour leur redonner vie. Mais pour l'instant il choisit la plus grande, celle de Lucio. Tout est intact, même le dressing qui est rempli de ses vêtements. Vincenzo lui dit : « Vous pouvez les prendre, je n'ai jamais eu le courage de les jeter et ils doivent être à votre taille. » Ârvalan ne sait pas de quoi il parle, de qui il parle. Il a entendu le prénom et sait que c'est la chambre de Lucio.

- C'était votre fils ? finit-il par demander
- Non, mon compagnon, ça vous choque ?
- Pas du tout.
- Nous avons vécu presque trente ans ensemble et puis la maladie, cette tueuse d'amour. Le Sida vous connaissez ?
- Oui, répond Ârvalan de plus en plus mal à l'aise. Il regrette d'avoir posé la question.
- J'espère que vous savez comment vous protéger ? reprend Vincenzo. Mais je vois que cette conversation vous trouble et je n'ai pas à me mêler de votre vie amoureuse. Vous pouvez prendre une autre chambre, ça ne manque pas et pour les vêtements ne vous sentez pas obligé.
- Je suis désolé de vous avoir mis dans l'embarras, mais la chambre me convient et pour les vêtements, j'en emprunterai en attendant d'en acheter.
- Je vous laisse apprivoiser les lieux dit Vincenzo en s'en allant, il y a une chaîne hifi dans le bureau d'à côté et des disques. Faites comme chez vous.

Depuis l'emménagement d'Ârvalan Vincenzo réapprend les gestes de vie. Il les croyait enfuis à tout jamais et encore tout étonné de se lever le matin en espérant le soleil. Il descend dans le jardin régulièrement et il reconnaît que ce jeune homme a fait du beau travail. S'il était croyant, il pourrait se dire que c'est un envoyé de dieu, une sorte d'ange, mais c'est seulement le hasard de destins croisés qui les a mis sur la route l'un de l'autre.

Quand Ârvalan a occupé le premier étage, Vincenzo a cru entendre respirer la vieille bâtisse, un long soupir de bête endormie qui se réveille, le souffle du dragon. De le savoir dans la chambre de Lucio l'avait troublé, mais c'était la chambre qui avait choisi. Elle l'avait attiré comme un aimant. Il n'y pouvait rien. Il avait laissé faire, en mettant le jeune homme au courant de l'ancien occupant des lieux. Il avait eu peur un instant qu'il s'en aille mais l'autre était resté sans rien changer. Ce qui l'avait rassuré aussi c'était le coup de téléphone reçu dans la cuisine pendant qu'il préparait le repas. Le : « c'est fait » lui avait confirmé qu'il n'était pas fini. Un Palais ne se laisse pas menacer sans rien faire. Il avait imaginé la peur de ces abrutis et avait dit à Ârvalan qu'il ne risquait plus rien.

Il n'est pas facile de mourir mais c'est encore plus difficile de renaître. C'est ce que lui disait Lucio en rajoutant : « *ça on ne nous l'a jamais appris.* »

Et il avait appris, le deuxième matin de la nouvelle présence quand le jeune homme était descendu toujours ponctuel avec les fringues de Lucio sur le dos. On aurait dit qu'il les avait toujours portés. Même les plis et les légères usures, lui appartenaient désormais. Vincenzo n'en était pas revenu de tant de grâce. Il avait même eu un instant de désir mais s'était repris immédiatement. Ne pas mélanger les histoires, laisser les êtres aller où ils veulent, mais son quotidien en était radicalement changé. Il espérait qu'Ârvalan, n'achèterait rien de nouveau et c'est ce qu'il fit. Un temps sable se mit à couler. Paisible. Vincenzo s'étonnait que ce garçon de vingt ans ne manifeste aucun désir de sortir, de rencontrer d'autres gens.

Il entretenait la maison, ils mangeaient tous les soirs ensemble et chacun regagnait sa chambre et ne bougeaient plus.

Vincenzo l'écoutait marcher à pas feutrés et ça le berçait. Il dormait jusqu'au matin.

De sentir cette vie, là, à portée de main, lui donnait la bougeotte.

Ça réveillait chez lui cette curiosité insatiable de l'autre. Il s'apercevait que le théâtre lui manquait et l'odeur particulière des salles de spectacles, cette attente un peu fébrile avant que rideau ne se lève et ce ravissement de se laisser emporter. Le cinéma aussi, surtout les after films, avec des discussions à n'en plus finir autour de verres de vins. Il avait envie d'écouter de la musique, mais plus ses opéras, il avait envie de connaître ce qui sortait maintenant, il avait envie de jeunesse, de joie, de cris, de corps en sueur, d'électricité, de lumières violentes, d'aubes sales encore de nuit qui déambulent sans but dans les rues vides au milieu des chiens peureux arrêtés près de poubelles renversées. Il voulait encore ressentir cette excitation devant un livre avant de l'ouvrir et si les premiers mots le prenaient à la gorge, il savait que le voyage serait bon. Et plus son désir se réveillait, plus il sentait l'effervescence du Palais se muer en exaltation. Entre ces murs de marbre, il se sentait indestructible et prisonnier. Les fêtes anciennes vomissaient leurs fantômes muets le long des coursives abandonnées. Les vieilles confréries du sous-sol répétaient des prières anciennes sans queues ni têtes pour réveiller les démons perdus dans des siècles anthropophages. Les César, les

Auguste, les Enée faisaient un drôle de manège ensanglanté sous les mamelles brillantes d'une louve Rita Hayworth. Il ouvre les yeux. Ârvalan est près de lui, au pied du lit :
- Je vous ai entendu crier, je suis descendu.
- Ce n'est rien, seulement un cauchemar ou un rêve un peu trop présent. Retournez-vous coucher. Tout va bien.

Oui tout va bien, Ârvalan entend souvent parler Vincenzo la nuit. Le vieil homme refait sa vie. Il sait qu'il se redresse peu à peu et que les souvenirs reviennent comme le sang qui irrigue les veines. La chambre l'a définitivement adopté. Il écoute les bruissements dans le parc, les arbres soufflent des sons qu'il commence à comprendre. Ça faisait longtemps qu'il ne les avait pas entendus.
Enfant, il passait son temps à jouer avec les écorces, à palper les troncs, à s'enrouler du parfum des feuilles, même s'ils le trouvaient étrange, ses parents le laissaient faire, ils ne le brusquaient pas. Ils voyaient qu'il ne jouait pas comme les autres garçons et qu'il passait le plus clair de son temps, à écouter les arbres et les plantes. Il se souvient qu'il aimait s'asseoir avec sa grand-mère sur la terrasse et laisser le crépuscule s'installer, la mer devenait sombre, seulement le ressac, et le ciel fauve et rouge disparaissait, bientôt les étoiles.
Sa grand-mère lui racontait des histoires d'enfants sorciers qui avaient le pouvoir d'entendre, disait-elle, les murmures des dieux. Les dieux ne parlaient pas à haute voix, ils murmuraient sur toute la terre, les sources, les feuilles étaient leurs voix. Elle disait aussi que ces enfants pouvaient prédire les catastrophes et sauver les justes. Il ne devait pas être assez sorcier, il n'avait pas vu venir ces armées noires et le sang répandu, ni la fuite, et il n'avait pu

sauver personne. Une fois en Italie sa grand-mère s'était tue et il n'avait plus écouté les arbres, ni les plantes, seul le Tibre lui parlait de temps à autre et même lui s'était enfermé dans son silence. Les voix des dieux avaient sombré. La tristesse avait envahi la famille et l'attente fût longue. Il aimerait se fondre ici.

Souvent Vincenzo lui disait : « Vingt ans et déjà vieux, vous laissez passer vos meilleures années et vous ne les rattraperez jamais. » Ârvalan ne lui répondait pas, il savait que ces meilleures années avaient commencé, il était à sa place. Vincenzo n'avait jamais trouvé la sienne. Il avait cherché dans tous les sens, sur toutes les terres. Il s'était saoulé de plaisirs, de mots, de musique, de couleurs. Sa place, c'était d'en avoir aucune. Avec Ârvalan le Palais commençait sa transformation, il avait seulement accueilli Vincenzo le temps de sa vie et avait attendu. Lucio le savait aussi mais il n'avait pas eu le temps. Tout est une question de temps, de patience, et sa grand-mère lui avait appris la contemplation.

Il oublie de plus en plus souvent sa terre natale, il est né dans cette chambre, dans l'ombre de Lucio et il ne partira plus, ça il le sait aussi. La vieille bâtisse lui parle de l'histoire de cette ville fabuleuse, les attentes *Piazza Del Popolo* devant un verre à regarder passer des hommes, des femmes, des enfants en route pour la vie, le recueillement devant les tableaux du Caravage à la Chapelle Saint Louis des Français, les cris d'Anita Eckberg dans la fontaine de Trevi, les chants funèbres d'autres siècles, les vociférations du Duce au bord de la crise de nerf, le sang de César sur les marches du sénat, les rires de Néron devant l'incendie. Tout est là. Il nettoie, il rénove, il taille, il brosse, il devient l'Homme-Palais. Vincenzo, ne voit pas la transformation du jeune homme, ou plutôt, il ressent autre chose qui l'étonne, le remue, le secoue. Il n'est plus ce vieillard presqu'impotent aux yeux noyés de larmes. Il passe de plus en plus de temps dans le jardin, il respire de nouveau, achète des disques nouveaux, des livres nouveaux. Il a des impatiences qui le font tourner en rond comme un lion en cage. Mais il n'ose pas encore s'éloigner du Palais, on ne quitte pas comme ça un berceau de pierres. Attendre encore.

Depuis le saccage, les nuits de Benito sont agitées, hantées même. Fini le bon sommeil paisible, finie cette assurance crasse, cette certitude d'être du bon côté, d'être le mâle dominant. Dès qu'il se couche et qu'il ferme les yeux, c'est le Palais qui revient.
Un de ses cauchemars : Il entend des voix qui l'attirent, et il tourne en rond essayant de trouver la provenance. Il se perd et revient toujours au même endroit. Au centre de cette pièce immense, au pied d'un escalier monumental. Les voix ressemblent parfois à des cris d'enfants, des plaintes de femmes. Il ne reconnaît pas la langue, mais il a envie de savoir. Il entend aussi des crissements, sûrement des milliers de rats qui lui passent entre les jambes. Il hurle de terreur et se réveille en sueur. Il se lève. Fume. Regarde souvent le soleil se lever. Boit un verre de grappa.
L'autre cauchemar, celui qui lui fait le plus peur. Le plus fréquent :
Il est au pied de l'escalier, il écoute une sorte de chant qui provient du premier étage. Il monte à pas de loup, guidé par le son. Une chambre est éclairée, celle de droite après l'escalier. Le chant s'est arrêté mais la curiosité est trop forte. Il se glisse dans la pièce, et là, il voit le jeune homme entièrement nu, couché sur le lit et qui lui tend les bras. Il

se déshabille et s'approche, il tremble de tous ses membres, il a une érection énorme, il se colle contre le corps brun et quand il le sent entrer en lui, il jouit à n'en plus finir. Quand il se réveille, il est mouillé.

Aucun répit. Aucune issue.

La journée, il est au radar, oublie des réparations, des nettoyages. Il croit reconnaître dans chaque client inconnu, les quatre hommes du Palais. Il ne mange plus, il boit de plus en plus. Tous ses complices ont disparu dans des accidents stupides. Il ne les regrette pas et que pourrait-il leur dire maintenant ?

Que le Benito fasciste de père en fils est pédé comme un phoque et que tout ce qu'il désire à en mourir, c'est se faire tringler par le métèque. Non, il faut que ça cesse.

Ce Palais est maudit. Depuis le début de son histoire, il a toujours abrité des orgies, des fêtes louches, un Palais construit pour la décadence. Il a entendu dire qu'il y avait des messes noires au sous-sol et que ça forniquait avec des jeunes garçons et ce récemment du temps du Pereta, jeune. C'est sûr il est envoûté.

Mais lui le Benito fasciste de père en fils va tout détruire, même s'il doit laisser sa peau. On ne laisse pas une tumeur se développer, et là, c'est trop.

Il se dit ça pour se rassurer entre deux bouteilles de vin, avant de replonger dans le corps du jeune homme et d'en ressortir, meurtri et comblé.

Pour conjurer ces égarements, il fréquente les clubs de striptease, les sexshops, les prostituées, comme jamais, mais toujours le même résultat. Rien. Rien. Ça le rend dingue et toujours ce corps brun frémissant devant ses yeux.

Obsession. Possession. Seule solution. Extermination du Palais et de ses occupants. Ne finira pas comme ces vieilles tantouzes. Benito fasciste de père en fils. Il le gueule, il le pleure, il le pisse : « Je suis un homme, un vrai, je suis un homme un vrai, je suis un homme un vrai, je suis un homme, un vrai ». Faire éclater les murs de verres, briser les pierres, et enfouir le corps brun qui sent la cannelle. Il y mettra le feu. Pendant leur sommeil. Bientôt la fin. Il se redresse, met l'uniforme de son père, bombe le torse, avance le menton à la Mussolini, fait le salut et se regarde hébété dans le miroir en entonnant un « *Giovinezza* » minable et solitaire.

Le départ

Donnez à l'homme son utopie et il la détruira délibérément avec le sourire.

Dostoïevski.

Fini le vieil homme poussif qui avait peur de son ombre et se cachait au fond des pièces sombres du rez-de-chaussée. Le soleil éclate de nouveau dans la grande demeure et ce malgré l'hiver. Vincenzo sent cette chaleur particulière qui lui souhaite la bienvenue quand il rentre avec ce froid glacial qui lui colle aux basques. De l'énergie, il en a à revendre. Il se prépare à partir, il est temps de reprendre la route. Il s'étonne encore de la transformation. Le vieux Palais poussiéreux a repris des couleurs, mais d'autres couleurs, d'autres odeurs. Il se sent presqu'en visite, mais ça ne le gêne pas. Devant son bol de café, il regarde les fleurs posées sur le buffet, des fleurs qu'il n'a jamais vues, épaisses et de couleurs indéfinissables entre l'ocre et l'orange. Des fleurs vivantes. Il sourit et pousse un soupir de bien-être. Il avait aimé les fleurs et après la mort de Lucio, elles s'étaient effacées de sa mémoire et les revoilà de nouveau encore plus belles, plus parfumées, un printemps de senteurs et de couleurs.

Ces bouquets délicats le ramènent à cette soirée mémorable, c'était avant-hier. Ses souvenirs sont récents maintenant, des sensations immédiates. Il avait assisté à un concert de « *Litfiba* » et le chanteur l'avait fasciné par sa beauté et sa manière de se mouvoir sur scène. Même si les spectateurs le regardaient bizarrement- que venait faire ce vieux à ce concert- il s'était senti en communion et quand le groupe a entonné « *Guerra* » il en aurait pleuré de joie. Il s'était dit que toutes ces années valaient le coup, seulement pour entendre ça. Il avait su précisément que tout ce qu'il vomissait ne gagnerait jamais et que même à coup de pied dans le cul, les humains continueraient d'avancer. Il pensa aussi à la 5ème statue celle dont le socle était vide, et il sut qu'elle trouverait bientôt preneur. Le Palais l'avait protégé, pour l'emmener là ce soir. A la sortie du concert au milieu

110

de la foule bigarrée et joyeuse, il s'était assis un instant sur les marches, une bière à la main, s'était accordé une cigarette et il avait continué à chanter « *Guerra* ». Ce serait son chant de départ, le plus beau. En rentrant, il avait traîné le long du Tibre, il se souvenait des rencontres furtives avant Lucio, il croisa quelques ombres mais qui disparurent très vite. Il était entré en catimini et avait senti un souffle chaud, bienveillant, une caresse de marbre. Il avait dormi comme une brute. La journée qui avait suivi, une journée de rangements, il avait passé quelques coups de fil à son notaire pour tout mettre en ordre, ce dernier lui avait rendu visite, un vieil ami encore tout étonné de le voir si jeune, il s'était permis une plaisanterie un peu lourde sur les bienfaits d'avoir ce jeune homme sous le même toit. Vincenzo lui avait répondu qu'il n'y était pas du tout et que c'était le Palais qui avait rajeuni grâce à ce jeune homme du bout du monde et que le sexe n'entrait pas en ligne de compte. Après le départ du notaire, il s'était dit que les préjugés avaient la vie dure, mais il avait fait ce qu'il fallait faire et que la demeure continuerait sa splendeur. Il avait dit à Ârvalan que tout était arrangé et qu'il préparait pour le lendemain une fête de départ. Quand il s'était endormi, Lucio s'était glissé près de lui et n'avait plus bougé jusqu'au matin. A son réveil il l'avait cherché, mais les rêves disparaissent comme des oiseaux de passages, ne restent que quelques plumes éparses sur le plancher des regrets.

Après son café, il traîne un peu, regarde les dernières nouvelles, va fumer une cigarette dans le parc, regarde les statues et s'attarde sur le socle de la dernière absente et murmure :

« Bientôt, très bientôt. » Il monte les marches et après un dernier regard sur le jardin, va se préparer soigneusement. Il veut que cette dernière soirée soit à la hauteur. Les chevaux noirs crient quand on leur dérobe le ciel, lui ne brillera pas comme une étoile morte sur des lèvres exsangues. « *Guerra* » for ever. Il ferme la petite porte du Palais une dernière fois et va faire les courses pour le repas de fête.

Quand il pense à Vincenzo, il pense au corps blême comme l'hiver, loin de sa peau sombre qu'il reconnaît de plus en plus. Il s'est réconcilié. Il n'a plus peur. Il sait maintenant que l'heure de se séparer est arrivée. Il caresse les vêtements de Lucio avec une prière muette et s'agenouille devant l'autel de sa grand-mère qu'il a mis sur le plus beau meuble de la chambre, la mémoire ne se tarit jamais. Quand il avait rencontré le vieil homme, il s'était donné deux ou trois ans avant de repartir, il avait dans l'idée de faire le tour du monde et de revenir où tout à commencer : à l'ombre du Sri Rahma Boudhi. Il se vivait en dehors du temps, en dehors de l'âge, en dehors du sexe, de l'amour, de la politique, en un mot en dehors du monde. Il se voyait comme une luciole voyageant de lotus bleus en lotus bleus, pour faire taire sa peur et sa peine d'être au monde et de ne rien y pouvoir y faire. Il ne s'était jamais frotté aux êtres de pierre, comme ces enfants devenus montagnes, devenus temples, sa grand-mère murmurait « il suffit d'y croire » et lui écoutait ce chant sans y croire vraiment et pourtant : Vincenzo, le Palais, les violences, ces hommes abrutis de haine. Le réel était comme les habits du mort, les habits de Lucio, tangibles et mouvants. Ârvalan se met nu devant le grand miroir de la salle de bain, il se regarde avec une curiosité âpre. Il esquisse des pas de danse, peut-être les derniers avant l'immobilité. Il se trouve beau pour la première fois et repense aux premières paroles de Vincenzo quand il était Monsieur Pereta « pour le sexappeal, vous vous jugez très mal, » il se secoue et se met sous la douche.

Longtemps. Il se sèche et s'habille en blanc. Un habit de cérémonie. Il sent des odeurs délicates qui montent de la cuisine ; Vincenzo est rentré et est aux fourneaux. Il aimerait lui faire un cadeau avant le départ, mais il n'a jamais su en faire, c'était tout le temps dérisoire ou à côté de la plaque. Il les achetait au dernier moment et prenait ce qui lui tombait sous la main. Pour sa jeune sœur il avait même acheté une boîte de capotes en pensant que c'était des ballons. Son père et sa mère avait été sidérés et puis son père s'était mis à rire comme jamais il ne l'avait entendu rire et sa mère avait suivi et tout le monde avait ouvert les capotes et les avait gonflées, finalement c'était bien des ballons. Son père après le rire, l'avait pris à part et lui avait expliqué à quoi ça servait, et Ârvalan en était tout retourné de son erreur, et pour un évènement comme ce soir, il est totalement démuni. Il regarde autour de lui, sur l'autel de sa grand-mère, il y a le scarabée bleu d'Egypte, il le prend, le met dans sa poche, le sort, va dans le bureau attenant, fouille dans les tiroirs, trouve une pochette cadeau multicolore, une photo en tombe. Il la ramasse. C'est une photo de Lucio et Vincenzo en pleine jeunesse. Il est troublé. Il embrasse la photo, la remet dans la pochette et y joint le scarabée. Ce sera un vrai cadeau.

Il sent une ombre derrière lui qui pue la grappa et la mort, il se retourne brusquement mais rien. Une illusion, mais certaines nuits il avait déjà senti cette odeur particulière de raisin macéré et de pourriture. Il en avait parlé à Vincenzo qui lui avait répondu en riant : « Raisin et pourriture ? C'est l'odeur de la connerie humaine ou du fascisme, quoique le fascisme serait plutôt pourriture et merde. Votre ombre ne doit pas être complètement faisandée. » Ârvalan est toujours étonné par le langage de Vincenzo, un mélange de raffinement et de vulgarité alors que lui, cherche soigneusement ses mots, ses expressions, il ne souvient pas d'avoir proféré des insultes. Alors pour embellir le cadeau, il se plante au milieu de la pièce et balance à haute voix toutes les insultes du répertoire de Vincenzo. « Ça c'est fait !» se dit-il et désinvolte, il descend les marches de marbre comme une star de Bollywood.

Benito fasciste de père en fils, a peaufiné sa vengeance et de grappa en pinard, de nuits glauques en masturbations frénétiques, de pleurs en invectives, il a élaboré un plan. Il a suivi tous les mouvements de la maison, principalement ceux du vieux et il a eu du mal à le suivre, tellement l'autre courait dans tous sens et hantait des lieux qui lui donnaient la gerbe, concerts de rock, quais du Tibre, salles de théâtre, librairies. Très loin du petit vieux qui se traîne vers un banc de square et qui se fait dorer au soleil en attendant la mort.
Qu'est ce qui se passe dans cette baraque ? La maison du Diable ! Sûrement. Et où est passé le métèque, son unique objet de fantasme. Pourquoi ne sort-il jamais. Il est peut-être mort et l'autre se nourrit de son sang ou de son sperme. Il avait vu un film de boules, enfin à moitié, c'était un bon film avec des vampiresses sexy qui suçaient les hommes rencontrés et séquestrés, jusqu'à la moelle et elles rajeunissaient et les autres couillons dépérissaient. Ça devait être la même chose. Il avait même payé un jeune coursier pour livrer un paquet bidon, et le jeune était revenu en lui disant qu'un beau jeune homme brun lui avait ouvert et avait pris le paquet et lui avait même laissé un gros pourboire. Il aurait bien giflé ce petit con, il l'avait payé et l'autre s'était fait du fric en plus.
Donc le métèque était toujours là et le vieux se prenait pour James Dean.
Putain quelle galère !

Changement de programme. Plus de filatures. Chercher les failles du Palais, y rentrer et faire tout sauter et les cuire comme des saucisses. Du coup Benito fasciste de père en fils que la vierge Marie le protège, passe ses nuits à rôder autour de la demeure de plus en plus près. Il se grime en clodo, en éboueur, en tapin, s'il pouvait il se serait déguisé en chien pour pisser contre la façade. Un soir il avait cru voir les quatre cerbères et il s'était enfui en jappant. Quelle misère ! Son obsession le bouffe, il faut qu'il trouve et un autre soir, ô miracle, il a vu que la porte du jardin était mal fermée. Une porte oubliée, une porte vermoulue, il avait passé prudemment la tête et avait eu un aperçu du jardin, grandiose et au milieu quatre statues et un piédestal vide, il avait poussé davantage et avait pu entrer, il avait longé prudemment le mur hors de toute lumière et était arrivé près des escaliers. Les deux salauds devaient dormir après leurs cochonneries, c'est toujours comme ça chez les pervers, il s'était approché et nouveau miracle, c'était sûrement le Duce et la Vierge Marie main dans la main qui lui montraient le chemin, il en aurait pleuré de gratitude, nouveau miracle donc : un soupirail entrouvert, l'accès à la maison. Ils étaient tellement sûrs d'eux, qu'ils ne se barricadaient même pas. Il s'était retiré tout aussi furtivement, avait refermé la porte en la bloquant et était rentré chez lui, excité, heureux et il s'était laissé aller à une grappa de choix et à un fantasme XXL avec le métèque mais ce n'était pas grave, ses jours étaient comptés.

Il prépare avec soin la surprise qu'il va leur faire. Il met son survêtement de l'AS Roma, des baskets, un bonnet noir et dans son sac, une pince, de l'alcool à brûler, un bidon d'essence, des allumettes, une mèche lente et l'uniforme de son père. Quand ils seront cramés, il dansera dans les cendres, il leur pissera dessus et il chantera à s'en faire péter

115

la voix. L'hymne fasciste retentira enfin dans ce bordel. En route Benito fasciste de père en fils. Tout se déroule comme prévu : porte, soupirail et bonheur, ils sont là tous les deux. Il se met dans un coin de la cave à l'abri des lumières et il attend son Grand soir.

- Vous êtes très élégant ce soir Ârvalan. Ce costume blanc, Lucio l'avait fait faire pour ce voyage qui n'eut jamais lieu. Il ne l'a jamais mis mais peut-être qu'il vous attendait tout simplement. Votre regard est plus vif, plus joyeux, vous avez perdu votre inquiétude. Le Palais a eu raison de vous et moi j'ai eu raison d'être avec vous. On en a fait du chemin, d'une petite annonce dans un journal, à la rencontre d'un jeune homme timide et bouleversé et d'un vieillard qui ne savait plus quoi faire de ces années de solitude, prisonnier de sa jeunesse qu'il n'a pas vu ou su passer. Je suis très bavard ce soir mais il faut que je vous raconte tout, que je vide mon sac en quelque sorte. Les murs parlent mais ils sont aussi comme ces vieilles bandes son qui s'effacent par moments et ils ont aussi leurs secrets. Prenez un verre et suivez-moi au jardin. On y sera mieux pour ce que j'ai à vous dire.

Ârvalan et Vincenzo descendent les marches côte à côte. La table est dressée au centre du parc, non loin des statues, des fleurs d'hiver ponctuent de leurs couleurs pâles des massifs dépouillés, les grands palmiers avalent les derniers rayons de soleil. Une lune fragile et hésitante se découvre peu à peu.

- Asseyez-vous Ârvalan. C'est étonnant de continuer à se vouvoyer. Mais c'est mieux ainsi, un monde s'offre à vous et vous m'offrez le monde. Levons nos verres à la vie et à l'intelligence.

Ils trinquent en silence.

- J'ai ressenti de nouveau l'ombre dans la chambre, dit Ârvalan.
- Je sais, lui répond Vincenzo. Elle est là tapie, et se pense à l'abri. Mais c'est aussi de ça dont je voulais vous entretenir.
- Mais où est-elle et qui est-elle ? S'inquiète le jeune homme.

Vincenzo marque un silence, avale une gorgée avant de répondre.

- Elle est aussi vieille que le Palais, mais elle a pris différentes formes à différentes époques, mais c'est toujours la même chose. Je ne parlerai d'ailleurs pas d'ombre mais de fange, de merde, d'abjection. Sa dernière forme vous l'avez eu sous les yeux avec ce sale con de Benito.
- Attention, vous redevenez vulgaire, dit Ârvalan.
- Oui, mais ça fait du bien et je vous ai entendu traiter le spectre de tous les noms, il y a peine une heure.

Ils se mettent à rire et lèvent leurs verres de nouveau.

Benito a sursauté quand il a entendu son prénom. Il les entend rire. Il ricane et se terre un peu plus. Il dit à voix basse : « Riez, riez, bande de bâtards, je vais vous baiser. »

Vincenzo reprend :

- Vous connaissez les phares. Le plus beau parce que mythique fût celui d'Alexandrie, et bien, considérez ce Palais comme un phare. Il éclaire et protège ses occupants même occasionnels, de tout ce que l'âme

humaine a de plus noir. C'est pour ça qu'il a été construit non loin du Vatican, pour résister à l'obscurantisme. Beaucoup ont essayé de le détruire, mais même s'il fût parfois en piteux état, il a toujours retrouvé sa splendeur. Vous me suivez ?
Ârvalan hoche la tête.

- Il attire. Il répare. Il se bat. Il se venge. C'est une œuvre antique, symbolique et violente. C'est un lieu de création depuis que Spinoza y a séjourné. Je pourrais vous en parler des jours entiers comme une histoire sans fin qu'on raconte aux enfants soirs après soirs. Mais le temps m'est compté. J'en viens à l'essentiel. Les Statues. Il y en quatre et un socle vide. Rassurez-vous ce ne sont pas les statues des maîtres des lieux. Ces quatre étaient là à mon arrivée et la cinquième sera pour mon départ et quand vous partirez, il y en aura peut-être une sixième et ainsi de suite.

- Mais comment vous allez faire pour la cinquième ? Vous avez des dons secrets de sculpteur ? Demande Ârvalan.

Vincenzo se lève et se met près des statues.

- La première, la plus ancienne, un esclavagiste, la deuxième un prêtre fou d'inquisition, la troisième, un salopard organisateur de pogromes, la quatrième une mère la morale, une bigote sans nom et la cinquième, le modèle est là sous nos pieds et il ne le sait pas encore. Disons que c'est un concentré des quatre précédentes. Et je n'ai rien à faire, le Palais s'en charge. Et maintenant que tout est dit. Passons à table et faites-moi rêver.

- J'espère que cela y contribuera répond Ârvalan en donnant le cadeau à son hôte.

Vincenzo ouvre la pochette, sort le scarabée, s'attarde sur la photo et met le tout dans sa poche intérieure gauche.

- Vous n'avez pas usurpé votre prénom. Merci du passé et de l'avenir.

Le repas se déroule sous la lune devenue pleine, un vent léger s'est levé, des rires, des interrogations, des étonnements, des silences, des verres qui s'entrechoquent, des regards échangés sans tristesse. Un dernier toast aux jours qui suivent et chacun monte dans sa chambre. Vincenzo prépare ses affaires, Ârvalan adresse une dernière prière à sa grand-mère et le silence enveloppe le Palais.

Benito fasciste de père en fils attend dans l'humidité de la cave que plus rien ne bouge. Il tremble de froid et se dit qu'il aurait dû prendre sa veste de chasse, la molletonnée. Ils n'en finissaient plus de bouffer et de boire ces deux pédales. De savoir le métèque si proche, il en avait eu des suées et il avait failli jouir dans son froc, mais un soldat de la pureté ne doit pas se laisser aller, surtout ce soir. La fin. La vengeance. La délivrance. Il redeviendra un vrai homme. Il tend l'oreille. Silence total. Passer à l'action. Il répand l'alcool à brûler et l'essence partout dans la cave, place sa mèche lente et se prépare à sortir. Il n'a pas vu les quatre silhouettes qui se détache des murs sombres. Avant même d'allumer la mèche, il se retrouve immobilisé sur le sol, les membres écartés. Il voit quatre visages de marbre se pencher sur lui. Il veut hurler mais rien ne sort, un borborygme comme un souvenir lointain de respiration et le froid et l'immobilité.

La Cinquième Statue.

Sérial Asylum

Et toi tu sais pourquoi Van Gogh s'est coupé une oreille ?

Murakami Ryû. Ecstasy.

Le rêveur est un être qui ne peut trouver sa voie qu'à la clarté de la lune :
Son châtiment est de voir poindre le jour avant le reste du monde.

Oscar Wilde.

A chaque fois que je te regarde dans les yeux je me sens romantique comme un Alien qui découvrirait que son double peut ressentir des sentiments aussi forts. Toi, tu es un petit garçon au cœur de métal et parce que tu es jeune, un jour tu rencontreras un étranger qui te conduiras de l'autre côté de la nuit. Que pourrait- il t'arriver de mieux ? Et cela me rendra triste, alors je passerai ma vie à danser, bercé par un million de rêves, blessé par un million de peines. Conrad Veigt danse !

Alain PACADIS. Journal d'un jeune homme chic.

C'était la même chose pour la solitude, des morceaux de souvenirs, des bribes de mots, des fragments de visages, des parfums respirés et quand je remettais tout ça ensemble, pour en faire un ensemble cohérent, ce qu'on appelle communément une vie, je ne voyais que des cassures, des brisures, des éclats ternes. J'avais fui les autres pour ne pas faire ce tri impossible. En fait, j'aurais aimé être lisse jusqu'à la trame, une planche rongée de sel et de galets, qui dérive au gré des vents et des courants. D'autres auraient dit fétu de paille, mais je préférais l'image de l'épave, j'avais toujours eu une attirance pour le drame et mis à part le suicide, je ne voyais pas très bien ce que je foutais là.

J'en étais là de mes réflexions, et je commençais à me geler sous la pluie battante. Il me tardait d'arriver dans cette ville dont le nom ne m'évoquait rien, puisque justement, elle s'appelait « **RIEN** ». Je m'étais dit dans mon existence absurde, autant se créer un but et le mien était de me rendre à pied dans tous les endroits aux noms désespérés, j'en avais fait quelques-uns, mais là c'était la quintessence : « **RIEN**. » Je me demandai à quoi pouvait ressembler les habitants ? Un conglomérat de consanguins ? Une horde d'abrutis alcoolisés ? Du coup ça me donnait soif. Une meute de beaufs moustachus ? Une colonie d'imbéciles aveugles ? Une harde de semi-cannibales ? Du coup ça me donnait faim. Il fallait comme le gueulait ce bon vieux Léo *« outrepasser le mur du rien »* et je verrai bien et c'est la curiosité aiguisée comme un rasoir que j'entrai triomphalement dans la nuit noire.

J'entrais toujours triomphalement dans ces villes, avec de la musique plein la tête, qu'il pleuve, qu'il vente, qu'il fasse chaud à crever, c'était toujours la même : les trompettes d'*Aïda* et les *Lords of the New Church*. Ça faisait un raffut d'enfer, mais ça assurait mes pas.

122

C'était une ville mal éclairée, jusque-là aucune surprise de taille. Il y avait une odeur de merde qui flottait dans l'air. Devait y avoir une tannerie pas loin ou une usine de pâte à papier ou les deux, vu l'épaisseur de l'odeur. En tous les cas, ça puait. J'entendis un ou deux chiens aboyer sans savoir s'ils étaient près de moi ou dans des jardins bien enfermés-jamais aimé cette engeance- un chat mouillé me fit sursauter, il traversa en cavalant, sûrement derrière un rat qui lui avait échappé.

Les maisons de chaque côté de la rue semblaient bien entretenues et des bagnoles étaient garées devant elles, aussi rutilantes que les baraques et toutes du même modèle. Quelque chose clochait, mais je n'arrivais pas à mettre le doigt dessus. J'eus beau me creuser les méninges, je ne voyais pas. Ça viendrait quand je serai à l'abri. Ai toujours eu l'esprit d'escalier.

Hormis ce léger doute, j'étais déçu. « **RIEN** » était une ville comme les autres, peut-être même avec une zone commerciale bien vulgaire et une boîte de nuit « *Macumba.* » Mais dans toutes les villes banales, il y avait un « *Hôtel du commerce ou de la Gare* » et s'il n'existait pas, je me déguiserai en bossu et j'entrerai dans l'église en gueulant : « Asile ! Asile ! »

Je continuai à avancer sous la pluie, je longeai ce qui paraissait être un parc public, je pissai au coin d'un arbre- faut toujours laisser son empreinte et le froid jouait avec ma vessie- et je distinguai juste après un rond-point fleuri avec des nains de jardins autour des massifs, une enseigne clignotante « *Hôtel des voyageurs* », j'étais pas tombé loin pour le nom. Je priai pour qu'il reste une chambre, enfin prier, c'était beaucoup dire, j'avais juste dit à haute voix : « Putain pourvu qu'il reste une chambre, j'en ai plein les couilles de cette pluie », mon instant pathétique de fin de périple.

Quand je poussai la porte, j'étais trempé jusqu'au slip et mon sac à dos ressembler à une vieille outre à pinard. Bref je dégoulinais. Je m'ébrouai comme un chien malade, sous les yeux bovins de la réceptionniste, une grosse blonde, genre walkyrie de super marché. Elle mâchait consciencieusement et avait l'air complètement ailleurs. Était-elle défoncée ? Ou complètement abrutie ? J'optai pour la deuxième. En articulant bien, je lui demandai s'il restait une chambre. Elle se mit à consulter son cahier dans tous les sens et finit par me dire :

- Vous avez de la chance, il en reste une. Avec la fête au canard, c'est plein, mais il y a eu un désistement au dernier moment. Elle rajouta avec l'amabilité d'un berger allemand : Ne restez pas là à dégouliner, vous allez me pourrir tout le tapis ! C'est la 214 au deuxième étage, si c'était la 114 ce serait au premier étage.

- Ça va, j'ai compris, je ne suis pas idiot. J'allais rajouter comme vous mais jem'abstins. Pas envie de m'engueuler.

Elle reprit acide :

- Je disais ça pour être aimable, mais je pense que vous devez être fatigué. Tenez la clé et l'ascenseur est au fond en face de vous. Autre chose ?

- Un endroit pour manger ?

- On verra ça après, montez-vous sécher ! Ça sonnait comme un ordre.

En maugréant, j'allai vers l'ascenseur. C'était une toute petite cabine étroite et toute en hauteur. Pas plus de 3 personnes. Je me demandai comment ou alors des êtres allongés, étirés. J'imaginai de tels êtres et ça me fit rire, mais jaune. J'appuyai sur le bouton 2. Il ne se passa rien. J'appuyai encore, un brin soucieux et toujours humide. Il se mit en marche, un vieux diesel poussif et puis il prit de la vitesse, j'avais l'impression qu'il faisait des loopings, tantôt en haut, tantôt en bas, à gauche, à droite, il devait se frayer un chemin au milieu d'astéroïdes, ce n'était pas possible autrement. J'avais dû passer dans une autre dimension et malgré toute l'eau que j'avais ingurgité, j'avais la bouche sèche et une vague envie de dégueuler. J'imaginai la sadique du rez-de-chaussée, tirant sur des manettes en mâchant son chewinggum avec application. Au bout d'un temps incertain, il s'immobilisa enfin. Je poussai la porte avec précaution. Un beau deuxième étage brillait dans le couloir sombre. A droite ? A gauche ? Il fallait prendre une décision. J'optai pour la droite, rien de politique, seulement un réflexe. Là, tout s'éclaira comme à la fête foraine, une musique de bastringue m'accompagna avec des cris de joie et au fond un énorme 214 clignotant.

J'avais dû gagner le gros lot.

J'entrai dans la chambre, si on pouvait appeler ça, une chambre, une cellule monacale plutôt. Un lit étroit, une chaise demi fesse, une table de poupée, un placard mince à un cintre, aucune fenêtre. J'eus un instant de découragement mais quand on arrive à **RIEN**, on ne s'attend pas à grand-chose. Je maudis la réceptionniste que je commençai à appeler pouffiasse. Je remarquai près de l'entrée, une autre porte avec le logo « Douche et WC. » Je l'ouvris m'attendant au pire et divine surprise, la salle de bain était immense, carrelée d'un blanc éblouissant avec une douche de régiment, un miroir qui prenait un pan de mur et une cuvette de WC high-tech, genre tableau de bord de Boeing. Ça clignotait de partout et je m'étais dit que pour pisser et chier, c'était démesuré, comme la montagne de papier toilette, rangée avec soin, de quoi torcher un éléphant. J'avais gardé un œil sur la porte de peur qu'elle ne se ferme, mais elle n'avait pas bougé. Rassuré je me déshabillai, mis mes vêtements à sécher sur ce qui semblait être un radiateur et me mis sous la douche. Nirvana. Mille petits jets qui me massaient, une mousse abondante, relaxante. Je me laissai aller et j'en aurais pleuré de joie tellement c'était bon. J'oubliai tout, j'aurais sombrési ça ne s'était pas arrêté brusquement. A la place, un vent chaud, doux, genre sirocco dont on aurait enlevé le sable et puis un autre plus léger, plus frais, brise marine aux senteurs d'iode. Je sortis de la cabine, complètement revigoré et l'épave au teint cireux que j'avais vu dans la glace, n'était qu'un souvenir. Je me trouvai rajeuni, la peau plus ferme, j'eus même une érection de bonheur et eus la tentation d'une masturbation rapide, mais me réfrénai, verrai ça après, j'avais surtout faim et peut-être que cette chambre me réservait d'autres surprises, alors autant garder mes forces. Je récupérai mes vêtements parfaitement secs et presque repassés, du moins c'était l'impression que j'avais. Finalement **RIEN** était une bonne destination, et c'est avec le moral au beau fixe que je m'habillai.

Marlène- c'était le nom de la réceptionniste mais le voyageur ne pouvait pas le savoir- avait enlevé son badge. Elle désobéissait au règlement de Mère mais ça l'amusait d'être anonyme et puis Marlène c'était lourd à porter. Mère l'avait baptisée comme ça pour la Dietrich, elle était folle de cinéma et son frère c'était pas mieux : Anthony. Il faisait deux beaux tenanciers, *l'Ange Bleu et Psychose*, mais elle n'allait pas se plaindre, c'était comme ça et puis le boulot était intéressant, il y avait plein de trucs techniques à régler, à chaque fois qu'un voyageur ou voyageuse échouait dans l'hôtel, et il fallait être précis pour que le **Renouvellement** puisse avoir lieu ; pas simple d'être taulière. La dernière fois elle avait tout raté, mal évalué, celle qu'elle appelait « La femme neutre ». Une petite bonne femme, grisâtre, incolore, inodore et au bord du suicide et c'était ce qui était arrivé. Au bout d'une semaine, ils l'avaient retrouvée recroquevillée sur le lit à peine défait, un tube de cachets vides. Ils n'avaient rien pu en faire de concret et avaient récupéré ce qui pouvait l'être. A **RIEN**, tout se recycle. Le voyageur de ce soir avait l'air plus solide, teigneux, râleur, un bon sujet, la renaissance tiendrait toutes ses promesses. Elle se demandait pourquoi elle lui avait dit que c'était la fête des canards et que l'hôtel était plein. Tu parles, il n'y avait qu'une chambre la 214 et s'il avait pris à gauche, il se serait retrouvé à la même place, mais il avait eu l'illusion de choisir. Ah, l'illusion d'être libre de ses choix ! A cette pensée elle éclata de rire. Elle n'avait jamais bougé de là et elle était bien. Elle entendit l'ascenseur arriver et elle se cala derrière son comptoir, tout sourire professionnel dehors. Elle allait jouer un peu encore et puis elle préparerait le Grand Accueil. A **RIEN** on savait recevoir.

Quand je fermai la porte de la chambre, nouvelle musique de fanfare, le couloir clignotait, et la porte de l'ascenseur étincelait. On ne voyait qu'elle. Je cherchai un escalier mais n'en trouvai pas. Avec un profond soupir, j'entrai dans la cabine, résolu à ce voyage imbécile et délirant, mais contre toute attente, tout se déroula normalement et sans bruits, ni facéties. Même si le temps me parut un peu long, j'arrivai sans encombre au rez-de-chaussée.
Miss sourire était à son poste, elle me demanda avec une amabilité fielleuse, si tout était à ma convenance. Je lui répondis que tout allait bien, et c'était vrai, mais que j'avais une faim de loup.

Elle rétorqua qu'elle n'avait pas ça en magasin, avant de partir d'un rire de folle et entre deux hoquets, elle précisa qu'on ne mangeait pas de canidés sauvages à **RIEN**. Je m'abstins de répondre. Je me dirigeai vers la porte pour trouver un resto, une gargote, ou une brasserie, enfin quelque chose qui serve autre chose que ces vannes de cinglée. Si tout à l'heure il pleuvait, là c'était carrément le déluge, des trombes d'eau. J'avais pas envie de me tremper encore. Je me retournai pour lui demander un parapluie, elle avait disparu et à sa place un bel homme jeune, d'une trentaine d'année, brun, mince, aux yeux pétillants qui me dit d'une voix à la fois douce et ferme :

- Si j'étais vous je resterais ici. Ce soir c'est une nuit spéciale. La nuit où les clowns sont lâchés.
- Mais j'ai faim, très faim.
- Je sais, répondit-il, Marlène et moi avons tout prévu pour votre bien-être mais si vous préférez sortir. Libre à vous.
- Elle s'appelle Marlène, dis-je sans conviction.
- Oui comme Dietrich et moi Anthony comme Perkins, une lubie de notre mère.
- J'en conclus que vous êtes frère et sœur ?
- Oui nous sommes les deux seuls utérins.

Les deux seuls utérins, mais qu'est-ce qu'il me racontait ? J'hésitai à rester mais ma coulrophobie prit le dessus. J'imaginai en plus de la pluie, des hordes de clowns, avec leurs sourires idiots et les nez rouges tremblants, leurs pieds démesurés et leurs voix de crécelles imbéciles, leurs jongleries stupides et leurs *« Bonjour les petits enfants »* répétés à l'infini. J'en aurais hurlé. Pour en rajouter Anthony dit :

- Ecoutez, écoutez bien, ils arrivent !

Et effectivement je perçus au milieu du tambourinement des gouttes, des cris de colère, des gargouillis vengeurs, des pas (nombreux) qui traînaient, des trompettes maigrelettes. Je fus pris d'une telle panique que je dus m'asseoir sur un fauteuil dur comme du bois dans le petit salon attenant à la réception :

- Là, là, calmez-vous me dit mon hôte, restez là et dès que tout sera prêt, je viendrai vous chercher. Ici vous ne risquez rien, nous avons les défenses anti clowns.

Je ne savais pas encore une fois à quoi il faisait allusion mais je décidai de lui faire confiance.

Marlène ne lui avait pas menti, ce sujet paraissait particulièrement intéressant. Un mélange de bravoure et de fragilité, de rébellion et de fatalisme. Ça faisait longtemps qu'ils n'avaient pas eu un tel spécimen et les premières analyses du miroir ne faisaient que confirmer. Pour peu il en serait tombé amoureux, mais c'était interdit par Mère, c'était même le premier commandement : **Tu n'aimeras point**. Transgresser, c'était mourir et comme il n'avait pas le goût du martyr, il se contentera de ce qu'il pourra prendre. A *Perfect Day*. Tout doit être en ordre pour le final. Anthony se changea, donna quelques ordres et reparut dans le petit salon.

L'attente et l'angoisse n'avaient fait qu'attiser ma faim, et les bruits que j'entendais dans la salle attenante me faisait saliver. On dressait des tables, on s'activait et lorsque Anthony apparut en maître d'hôtel, je l'aurais embrassé. La fin du calvaire. Visiblement tout se méritait à **RIEN**. Il me fit une sorte de révérence et je le suivis.

L'enfant est lumineux quand il noircit les ténèbres, encore une phrase tordue qui sortait je ne sais d'où, mais qui me vint quand j'entrai dans la salle à manger. C'était immense et rustique, chasseur rustique, des trophées de toutes sorte d'animaux à cornes, à dents, à poil, à écailles, garnissaient les murs, un musée de l'abattage. Je fus tenté de faire demi-tour, ça me rappelait trop mon escapade en Sologne avec Mathieu, un amant prégnant et constant, une amitié amoureuse et très sexe, peut-être exclusivement sexe. Il m'avait emmené pour un weekend de baise dans une auberge au milieu du brouillard, des canaux et des chasseurs aux trognes avinées. J'avais eu tellement peur des têtes de cerfs aux yeux glauques et aux mâchoires vides, que ma libido en avait pris un coup. En fait j'avais toujours été un trouillard incommensurable. Une sorte de mètre étalon de la pétoche. C'était pour me prouver que j'étais autre chose que j'avais entamé ce périple démentiel et j'avais l'impression d'être revenu au point de départ.

J'arrivai à me raisonner et m'installai à la table qu'Anthony me désignait, elle était au centre de la pièce, et sans l'avoir demandé, il semblait que j'étais la vedette de la soirée. Toutes les tables étaient occupées et les convives fixaient leurs assiettes vides sans parler ni bouger et détail étrange, ils se ressemblaient tous, hommes et femmes. Une ambiance chaleureuse quoi. Entre deux déluges j'entendais des cris de détresse dehors, et ça me rassurait, les clowns étaient en train de se noyer, ça devait être les défenses anti clowns qui fonctionnaient à plein. Demain on trouverait sûrement dans les caniveaux, des pantalons à carreaux, des vestes ridicules, des perruques détrempées, des coulées de maquillage. A cette pensée, je me détendis un peu. Au fond de la salle, il y avait une estrade et une dizaine de personnes strictement identiques étaient alignées dos tournés. Elles portaient des tenues bigarrées, style disco des années 80. Visiblement ils se préparaient à chanter et comme j'avais horreur des dîners chantant ou dansant, je m'étais dit que la soirée risquait d'être très longue.

Mes gargouillis commençaient à se transformer en spasmes et j'avais le gosier sec comme le désert. Claquements de mains, deux loufiats apparurentet me servirent, qui un bourbon excellent et bien tassé, qui des amuse-gueules d'un raffinement que je n'aurais pu imaginer dans cet endroit. Finalement j'allais survivre.

Coup de sifflet. Marlène en chef d'orchestre sado maso. La chorale – je ne m'étais pas trompé- se mit en voix et en route. Ils portaient tous des masques d'animaux, sûrement pour faire couleur locale et s'agitaient sur une musique qui était un enfant bâtard et dégénéré de Sardou et de Mireille Mathieu avec une chorégraphie d'une Beyoncé croisée avec une troupe de paraplégiques. C'était indescriptible, d'autant que la Marlène dansait comme une folle, comme une démente pour être précis. J'étais stupéfait, partagé entre le rire et l'épouvante. Les convives avaient l'air d'apprécier et tapaient dans les mains avec une régularité de métronome. Seul Anthony paraissait en dehors, concentré sur un appareil qui m'était étranger. Il me jetait des coups d'œil et revenait à son écran. Malgré tout ça ou à cause, je me laissai aller. L'alcool commençait à me réchauffer agréablement et j'attendais la suite du repas.

Nouveau claquement de main, sec et précis. Mes deux serveurs, ventre à terre, débarrassèrent la table et m'apportèrent l'entrée. Consommé d'asperges aux huîtres chaudes et un Sauterne goualant à souhait. Je goûtai du bout des lèvres et comme c'était délicieux, j'avalai le tout.

Le décor avait changé à mon insu, exit les têtes d'animaux morts, des murs sobres avec des tableaux dignes de grands maîtres, la salle à manger s'était transformée en musée. Je me demandai si j'avais rêvé, mais les convives étaient à leur place et me souriaient tous et quand je dis souriaient, c'était même au-delà, toutes dents dehors et figés. Ça faisait un peu peur mais je n'étais pas habitué à pareilles marques de sympathie. Je leur rendis les sourires. J'étais tellement concentré sur cette activité que j'entendis à peine Anthony qui me demandait s'il pouvait envoyer la suite. J'hochai la tête avec ce même air de crétin. La musique elle aussi avait bougé, loin des beuglements et des déhanchements, c'était des chœurs impeccables qui distillaient une New Wave sombre et rutilante à la fois. Les masques d'animaux avaient fait place à des maquillages gothiques du plus bel effet. Marlène avait gardé ses cuirs mais ressemblait à une prêtresse vaudou sous acide. C'était tout ce que j'aimais. Quand je vis le maître d'hôtel himself avec le chariot, je me dis que j'allais attaquer du lourd. Je recommençai à saliver.

Il se planta devant moi et annonça cérémonieux :

Bœuf à la ficelle, sauce au raifort avec pommes de terre sautées et petit légumes glacés et pour accompagner le tout un Pommard millésimé.

Tout le monde d'applaudir frénétiquement. Un délice. Je cherchai pour savoir quand j'avais ressenti un tel bonheur mais ne trouvai pas. Je dégustai par petits bouts et petites gorgées et nettoyai le plat à la satisfaction générale. Je rotai légèrement provoquant une hilarité polie et ce fut le tour du dessert : fondant aux poires et aux cerises avec une touche de chantilly. J'étais repu, comblé et quand Anthony arriva avec un énorme verre de cognac, je sus que le paradis existait et qu'il se trouvait dans cette salle. A la première gorgée, je me sentis planer comme un aigle royal ou comme un corbeau mal embouché. Les gens dansaient langoureusement autour de moi sous une boule à facettes, jour, nuit, jour, nuit, des rires épars, des caresses furtives, le désir qui montait, les clowns exterminés, jour, nuit, slows des *Stray Cats*, imparables, jour, nuit, jour, nuit, une jetée en bois bouffée par les vagues et le sel, un baiser inconnu chaud comme la braise, jour, nuit, jour nuit. Deuxième gorgée et tout bascula. Me retrouvai dans ma chambre, nu comme un ver avec Anthony qui s'activait sur mon ventre, le rire de Marlène, j'avais trouvé enfin ma place.

Marlène et Anthony sont dans la chambre, vide. Ils récurent à fond. Plient les draps. Règlent le miroir et la douche. Vérifient si toutes les données ont été transmises et sortent de la chambre.

- Mère va être contente, c'est un modèle de choix. Tendre et violent à la fois, ça va nous changer du précédent, gentil mais ennuyeux à mourir. Il était temps de le remplacer. Les bigots ça va deux minutes mais ça n'a aucun avenir. Au fait quel goût il avait ?
- Un peu acide, mais plein de promesses et puis il manquait encore des éléments et parfois il faut donner de sa personne. Je suis un perfectionniste.
- Vicieux ! rétorqua Marlène en riant.
- Frigide ! lui répondit Anthony. Allez viens on a du boulot, il n'est pas encore achevé.

Une plaine à perte de vue, quelques arbres rachitiques, des maisons alignées identiques.
Un panneau à l'entrée.
Bienvenue à **R**eproduction **I**ndustrielle d'**Ê**tres**N**ormaux.
Bienvenue à RIEN.

Mirages romains.

« Car autrefois garçon je fus, et jeune-fille, et arbuste, et volatile, et muet poisson des profondeurs »

Empédocle d'Agrigente.

Personne ne sait si son corps est une plante que la terre a faite pour donner un nom au désir.

Lucien Becker.

J'étais ce qu'on peut appeler un rat de musée, dans toutes les villes que je traversais ou dans lesquelles je vivais, j'allais toujours me perdre dans ces galeries à peine éclairées. J'aimais l'ambiance feutrée, cette sorte de courtoisie respectueuse comme si les artistes morts pouvaient être dérangés par nos éclats de voix ou de rires. Alors on se tait et on se laisse aller à la couleur, aux formes, aux énigmes de chaque tableau. On se crée son univers intime aride et baroque à la fois. C'était à Rome que j'avais fait cette rencontre particulière. J'étais en contemplation, devant les tableaux du Caravage. Il y avait une telle force sombre qui se dégageait que je manquai d'air et à la première visite, j'avais dû sortir précipitamment tenant à peine sur mes jambes. En me couchant, je repensai aux détails qui m'avaient bouleversé et une seule envie : y retourner. Comme j'étais dans la ville pour une semaine et que je n'avais pas envie de courir les monuments remplis de touristes suants, je décidai de rendre visite tous les jours au Caravage, aux heures creuses, pour pouvoir m'y plonger à mon aise. Planté devant les tableaux, je remarquai à peine le jeune homme qui gardait la salle, mais jours après jours, je sentais sa présence et sa curiosité d'autant que je ne faisais rien, je ne prenais pas de notes, je ne dessinais pas, ne cherchais pas à photographier clandestinement. J'étais là à me plonger dans les tableaux. Le dernier jour, je sentis qu'il m'observait comme j'observais les peintures. Il s'approcha de moi et me dit avec cette voix de musée, c'est-à-dire à peine un murmure : « Alors vous aussi, vous êtes envoûté ? » Je sursautai et le regardai attentivement. C'était un jeune homme de 25 ans environ, assez râblé, au teint mat, il avait des cheveux bouclés très noirs, des yeux noirs profonds, à la fois rieurs et roublards, un nez légèrement de travers, une bouche charnue et rouge. Je m'étais dit qu'il aurait pu figurer dans un des tableaux et qu'il aurait plu à l'artiste. Je ne savais pas quoi lui répondre et je pensai qu'il me draguait, j'étais flatté mais je n'étais pas venu pour ça et à vrai dire, ça me dérangeait. Ça cassait ma contemplation. Avant de trouver une réplique, il continua toujours à voix très basse. Nous avions l'air de deux conspirateurs.

Au début quand je gardais cette salle, j'y faisais à peine attention, et puis des détails, des bruits, des odeurs, de la violence aussi et une sensualité brute, je dirais même brutale et un soir quand j'étais seul à parcourir les salles, j'ai basculé et depuis ça n'arrête pas.

Autant dire que j'étais appâté, comme un poisson au bout du fil. J'attendis la suite mais il se tut et se remit à sa place devant l'entrée. Je traînai un peu dans la salle et revins aux tableaux espérant son retour. N'y tenant plus, j'allai le voir. Il me regarda avec méfiance comme s'il ne m'avait jamais parlé. Je m'étais dit à ce moment-là que décidemment les relations entre les hommes étaient bien compliquées, mais je décidai de ne pas lâcher prise, quitte à me faire jeter. Avec le même ton de conspirateur, je lui dis :

- Vous m'avez intrigué avec votre « basculement », qu'est-ce qui a basculé ?

Il posa sur moi un regard désespéré, celui d'un homme à bout de lui-même ou plongé dans une folie naissante.

- Je ne peux pas vous en dire plus ici, répondit-il. Si vous tenez à le savoir, venez me rejoindre après mon service au restaurant au coin de « Via Del Babuino. » J'y serai vers 20heures.

Je lui assurai et sortis. Je me souviens que la journée fut longue. Je traînai à droite à gauche, mangeai à peine. Rien ne retenait mon attention. Je regardais ma montre sans arrêt. Je passai plusieurs fois devant le restaurant indiqué, pour être sûr de ne pas le louper. J'essayai de me calmer, en me disant que les révélations promises seraient sûrement nulles, qu'il délirait certainement, qu'il voulait se rendre intéressant aux yeux d'un touriste, mais j'avais en tête ses yeux inquiets, cet accent de sincérité et aussi cette émotion qui m'avait envahi devant les tableaux. En désespoir de cause je rentrai à l'hôtel, pris une douche, m'allongeai sur le lit et fit une sieste. La nuit était tombée quand je me réveillai en sursaut. Je vérifiai l'heure et me dépêchai de me préparer. Je sautai dans un taxi pour ne pas être en retard et j'arrivai à temps. Le restaurant était vide, seulement l'étrange gardien, assis à une table près de la sortie. Quand il me vit, son visage s'illumina et me fit signe d'approcher. Je m'assis en face de lui. Sans rien me demander, il commanda une bouteille de vin blanc. Ça m'allait très bien. Nous commençâmes à boire en silence. On aurait dit que la ville s'était estompée, aucun bruit de voitures, aucune sirène au loin, aucun éclat de voix. Seulement nous deux. Pendant qu'il buvait, je regardais ses mains, de belles mains épaisses, aux doigts fermes et ce qui me surprit, les ongles rongés jusqu'à la peau, alors qu'il avait plutôt une allure soignée. Pour ne pas l'importuner, j'arrêtai de le détailler. Il posa son verre comme un objet précieux, en lissant la nappe. Il se mit enfin à parler. Il avait une voix grave que je n'avais pas perçue dans les murmures.

- Je vous remercie d'être venu, dit-il. Vous ne m'avez pas pris pour un cinglé ou un illuminé.

Je lui confessai que j'y avais pensé, mais que je l'avais trouvé suffisamment convaincant pour venir. Je ne dis rien de mon impatience de l'après-midi. Il reprit en se servant un autre verre.

- Je vous ai parlé en voyant votre émotion devant les tableaux et je pensai que vous pourriez peut-être me comprendre et m'aider. Je suis gardien depuis trois ans. Au début, je passais devant les tableaux comme devant un étal d'épicerie ou de boucherie. C'était mon job et je ne trouvais pas d'intérêt particulier devant ces images. Je ne comprenais pas grand-chose. Pour faire court je n'étais pas un amateur d'art. D'ailleurs si je n'avais pas eu ce boulot, je ne serais jamais entré dans un musée. Pour moi, ça sentait la poussière et la mort. Et puis un soir, allez savoir pourquoi, la fatigue, la solitude, je me suis senti appelé par un tableau, ce n'était pas un cri, pas même un murmure, non, une impérieuse nécessité, plus exactement. C'était « l'Arrestation du Christ », oui, ce tableau qu'on croyait disparu et qui avait été mis à l'abri dans une congrégation de jésuites, mais ça c'est une autre histoire. J'étais donc devant cette scène et j'ai vu le Caravage, le porteur de lanterne, me regarder fixement et j'ai vu Judas serrer la main du Christ avec tendresse. J'étais devant et à la fois au milieu des soldats qui fermaient les yeux pour dire que la violence est aveugle. Je me suis promené dans cette toile, comme dans un jardin crépusculaire. Je pouvais même sentir les odeurs de la peur et ressentir la force de l'artiste. Je ne sais pas combien a duré mon voyage, mais j'en suis ressorti épuisé et comblé comme après une nuit d'amour.Ce fût le début de mon basculement.

Il s'arrêta brusquement, les yeux dans le vague. Il semblait revivre cet instant. Je le laissai à sa méditation et commandai une autre bouteille. Ce qui était complètement fou, c'est que je le croyais et que je l'enviais. Je me définissais pompeusement comme critique d'art et pas une ligne de conception, ou de perspective ne m'échappait, mais il me manquait ce qu'il avait : la sensibilité. Je voulais en savoir un peu plus sur lui, mais il ne répondit que des banalités qui ne m'éclairèrent en rien sur ce don particulier. Quand il prit congé, je restai sur ma faim et je l'aurais bien accompagné un bout de chemin mais il me fit sentir qu'il préférait rester seul. Je le regardai partir en pensant qu'il allait rejoindre le peintre et qu'il me laissait volontairement de côté. Mais dans ce cas-là, pourquoi m'avoir fait venir pour me raconter ça, seulement ça ? Je quittai le restaurant bien éméché et je me promis en me baladant pour dessaouler un peu, de retourner le voir et de lui faire cracher le morceau.

Ma nuit fut hantée d'hommes en uniformes, d'yeux crevés, de lanternes tremblantes, de bruits de chariots et de vociférations d'ivrognes. Je me réveillai en nage. J'urinai longuement, pris une douche fraîche pour me remettre, avalai un petit déjeuner consistant et décidai de prolonger mon séjour jusqu'au fin mot de l'histoire. Comme on était en basse saison, il n'y eut aucune objection. Je me mis en route pour le musée. Je soupçonnais des évènements plus importants que la plongée dans un tableau, aussi rare soit-il. Et comment avait-il pu le voir puisqu'il n'était pas exposé ? Un autre mystère.

En entrant, je le cherchai mais ne le trouvai pas, j'en conclus que ce devait être son jour de congé et du coup la visite me parut fade. Je fus tenté de demander à l'autre gardien, mais je craignais de lui attirer des ennuis ou qu'on interprète mal mon intérêt. Je me sentis frustré et inquiet. Ce jeune homme que je connaissais à peine, était devenu important à partir d'histoires improbables.

Comment pouvait-on se balader dans un tableau ?

Je m'étais fait berné. Il avait sûrement dû voir ma fascination et il avait inventé une histoire, peut-être pour me soutirer du fric. Fallait dire que comme naïf, je me posais là. On m'aurait fait croire n'importe quoi assez facilement. Parfois je me perdais moi-même, entre rêve et réalité et ce n'était dû, ni aux brumes, ni aux lacs, conséquences de bouteilles vite descendues. Valait mieux en rire, du moins en sourire, il ne m'était rien arrivé et finalement c'était une belle entourloupe, pleine de poésie et très imaginative. Pas mal, pas mal du tout, à la hauteur de la légende du Caravage. Je me baladai toute la journée sans buts précis et pour fêter mon retour sur terre, je décidai de finir la soirée au restaurant où le gardien m'avait donné rendez-vous, histoire de mettre un point final. Comme il était tôt, la salle était à peu près déserte, deux, trois clients seuls, un couple de touristes qui s'appliquaient à écrire leurs cartes postales, sûrement avec vue du Colisée, de la Place Saint Pierre, ils devaient répertorier dans leurs têtes les incontournables qu'ils avaient pu rater. Je m'assis à une table dos tourné à la porte. Je commandai une bouteille de blanc et je commençai à boire. Je n'aimais pas boire seul, mais je n'allais pas inviter n'importe qui, pour lui raconter n'importe quoi. J'en étais à mon deuxième verre quand je sentis une présence derrière moi, je sus que c'était lui, comme dans les histoires d'amour où on sent l'être aimé à mille bornes, une intuition à faire pâlir les voyantes les plus réputées. Sans me retourner, je lui dis :

- Je vous attendais.
C'était bien pompeux, mais j'avais besoin de cérémonial dans la ville du péplum. Il me répondit :

- Et si ça n'avait pas été moi ?

- J'aurais eu l'air d'un con. Asseyez-vous. Je commande une autre bouteille. Vous n'allez pas vous en tirer comme ça.

Il prit place en souriant gentiment. Il avait l'air encore plus jeune que la veille et plus pâle, et il avait aussi un magnifique cocard sur l'œil droit et des griffures sur les mains. Il était affublé d'une sorte de manteau de velours grenat qui n'allait pas du tout avec son jean. On aurait pu penser qu'il avait ramasser des fringues au hasard. Je ne posai pas de question mais devant mon air mi-figue mi-raisin, il crut bon d'ajouter qu'il avait eu quelques ennuis et que c'était la raison de son absence au musée et il finit sur un énigmatique : « De toutes les manières je n'en ai plus pour longtemps ». Il paraissait assoiffé et affamé. Je lui remplis un verre et commandai un plat de pâtes pour lui, le blanc me suffisait. Il me remercia et se tut en attendant. Il engloutit les pâtes et se resservit. Je commandai une autre bouteille. J'attendais et je l'observais. Il se dégageait de ce garçon, une sensualité nouvelle que je n'avais jamais rencontrée, quelque chose d'animal et de ténébreux, mais dans le sens d'absence de lumière, une étoile noire. Quand il mangeait, il était absorbé totalement à la tâche, on sentait que c'était vital. J'étais admiratif, totalement subjugué même, moi qui chipotais tous les plats, je n'avais jamais ressenti cette impression de faim et cette satisfaction évidente, criante. Une fois repu, il repoussa l'assiette nettoyée, bu une gorgée de vin, et me dit avec un sourire malicieux et vulgaire :

–   Vous vous demandez qui je suis ? Un tapin malin, un truand qui va vous faire la peau ? Un fou échappé d'un asile ? Mais je vous intrigue et je vous plais. Je pourrais dire que vous êtes à ma merci. Parce que vous aussi, vous avez vu ce qu'il ne fallait pas voir. Regardez-moi bien et vous allez reconnaître certains de mes traits.

J'avoue que j'avais les jetons mais que rien ne m'aurait fait déguerpir, enfin quelque chose de dérangeant dans ma vie et si je finissais égorgé au bord du Tibre, au moins j'aurais connu un grand frisson. Je fis ce qu'il dit. Je le scrutai et j'eus une secousse. Il ressemblait à…

- Oui, je suis le jeune Saint Jean-Baptiste au Bélier, enfin presque. J'étais l'esquisse mais pour des raisons compliquées, c'est un autre qui a pris ma place mais il a gardé des traits de mon visage.

Il continua, mais par ma surprise j'avais ouvert les vannes :

- Après mon premier « basculement », j'y suis retourné plusieurs fois, d'abord dans les toiles, le Martyr de Saint Mathieu, les Musiciens, le Concert champêtre, la Mort de la Vierge, mais je ne vais pas les énumérer, vous les connaissez toutes. Et après, ce fut dans la vie même du Caravage, j'ai partagé ses doutes, ses peines, ses orgies, ses bagarres. Il me montra son œil. Plusieurs fois son lit, après nos beuveries. Je refaisais surface avec de plus en plus de peine. Comprenez-moi, j'avais enfin une vie qui ressemblait à une vie, une véritable aventure. Loin de mes deux pièces minables et de mon emploide gardien. Mes nuits étaient hantées mais elles ressemblaient à quelque chose. Le maître m'a appelé pour que je le serve et je le ferai. A ses yeux je suis un modèle, un être à part, celui qui l'inspire et qu'il maltraite et qu'il aime et qu'il avilit. Je suis sa chose et son double.

Il répéta la dernière phrase avec rage. Autant dire que la terre avait basculé. Je pus toutefois lui demander pourquoi il avait fait appel à moi, pour le sauver en quelque sorte puis qu'il m'avait dit : aidez-moi !

- C'est que je n'avais pas pris la mesure, et que certaines choses me retenaient, dit-il le regard dans le vague. Je pensais sincèrement à me faire une place comme on dit dans la société, et avoir un destin commun, femme, enfants, retraite et une belle tombe pour finir. Mais quand j'ai senti les couleurs glisser sur ma peau, de plus en plus fortes, les odeurs de corps sauvages, les clairs obscurs, les demi-teintes, les personnages à double face, j'ai jeté aux orties mon chemin cadenassé. Je vous ai appelé à l'aide parce que j'avais peur et maintenant c'est fini.
- Pourquoi être revenu ? lui demandai-je
- Pour que quelqu'un se souvienne de moi, répondit-il avec sérieux.

Cette phrase était définitive et je la trouvai belle. Pour peu, je lui aurais demandé de venir avec lui, mais j'avais tissé trop de liens. Je serai à jamais spectateur. La nuit était bien avancée quand nous sortîmes du restaurant, nous fîmes quelques pas, il faisait encore bon et je me serai bien baladé jusqu'au matin mais mon étrange compagnon me demanda si je pouvais le loger à l'hôtel. Il avait besoin de se reposer me dit-il, et de se laver. Il m'expliqua qu'il avait largué son appartement et qu'il ne savait plus où aller dans cette vie-là. Il insista sur cette *vie-là*.

J'acceptai et je demandai ce qui allait encore se passer. J'étais sur mes gardes mais curieux à la fois. A la réception de l'hôtel, il n'y eut aucune remarque, peut-être un sourire narquois et encore je pense que c'était moi qui le percevais comme ça.

Une fois dans la chambre, je lui indiquai la salle de bain. Il me remercia. Il se débarrassa de ses vêtements sur place et complètement nu et sans la moindre gêne, il entra dans la salle de bain. J'étais tétanisé, je comprenais maintenant l'obsession du peintre devant une telle sensualité. Je m'assis sur un fauteuil, les bras ballants, évitant de penser à celui qui était sous la douche. Il resta sous l'eau longtemps. Il ressortit entouré de buée, comme nimbé et toujours dans le plus simple appareil. Il me sourit gentiment cette fois et me dit :

- Je vais dormir et je suis tout à lui. Il ne peint rien d'autre que la mort. Merci pour tout.

Il se coucha et s'endormit aussitôt. Je restai sur le fauteuil à le regarder, à le détailler, je sortis discrètement mon carnet de croquis et je le dessinai, pour faire ce qu'il m'avait demandé : se souvenir de lui et je m'endormis. Quand je me réveillai le soleil était déjà haut et plus aucune trace de mon visiteur, même le lit n'avait pas gardé son empreinte et mon esquisse avait disparu. Je continuai à le chercher quelque temps et comme au musée on m'avait confirmé son départ, je m'étais rabattu sur le restaurant où j'allai chaque soir tutoyer une ou deux bouteilles de blanc. Finalement le patron, un bon gars rougeaud et trapu me fit comprendre qu'il ne reviendrait jamais. En sortant je remarquai qu'il était pieds nus et qu'il avait les ongles sales….

Une année avait passé et j'étais à New York, pour une grande rétrospective du Caravage, j'y avais apporté ma modeste contribution et j'étais sûr que le succès serait au rendez-vous. Je n'avais raconté à personne mon aventure romaine, ni pourquoi ce peintre m'obsédait à ce point. Les visiteurs commençaient à affluer.   Ambiance   de vernissage mondain, des parfums, des tenues élégantes, des êtres policés devant des tableaux de misère et de chaos, un crachat au-delà des siècles. Je m'étais arrêté devant « David et Goliath » et je reconnus en David mon gardien romain.

Il me sembla qu'il me regardait et qu'il souriait furtivement avant de se figer. Je lui levai mon verre à sa santé. Je tournai le dos à l'exposition et sortit sans oublier d'éteindre ma lanterne.

L'illusion du héros

Nous sommes inextricablement liés aux évènements discursifs. En un sens nous ne sommes rien d'autre que ce qui a été dit, il y a des siècles, des mois, des semaines.

Michel Foucault.

Laissez-moi me nettoyer d'une parole pour rien.

Marguerite Duras

Vingt ans. Il voulait de l'héroïsme, la chemise ouverte sur les balles, les cheveux en bataille, combattre jusqu'à la mort. Martyr révolutionnaire. Romantique de romans à deux balles.

Le Nicaragua lui offrait cette opportunité. Brigades internationales, pas celles de la guerre d'Espagne, mais brigades tout de même et une révolution en marche.

Managua, une poignée de jeunes gens, impatients et penauds, penaud, le mot juste. Il avait sursauté à son prénom « Mathias », sans comprendre ce qu'on lui disait, il avait vu un homme en treillis qui lui faisait signe de le suivre. Il s'était retrouvé dans un baraquement attenant à la gare. Il y avait une douche, l'autre lui fit comprendre de se déshabiller et de se laver, il lui montra des vêtements propres sur le banc, lui tendit un savon et une serviette. Mathias attendait qu'il sorte mais l'autre s'installa sur le banc et le regarda en allumant une cigarette. Ça le gênait. Pas l'habitude d'être observé mais l'eau était fraîche et il se sentit mieux.   Une fois rincé, il se retourna et prit la serviette que l'autre lui tendait et qui lui dit avec un soupçon d'accent :

-   Habille-toi, c'est sûrement un peu trop grand, mais on n'avait pas le choix, je t'attends dehors, et les toilettes sont juste à côté. Je m'appelle Paco et je suis chargé du groupe des français, en fin de toi puisque tu es le seul. Dépêche-toi, les autres attendent. Quel âge as-tu ?
-   21 ans.

Mathias se prépara rapidement, pas le temps de se regarder dans la glace mais il nageait dans ce froc et cette chemise et les rangers étaient bien trop grandes, seul le béret était à sa taille.

Il se sentit guerrier, l'ombre du Che. Une fois dehors, la chaleur moite lui fit regretter le filet d'eau. Il chercha Paco. Il le vit près d'un camion en train de débâcher. Il s'approcha timidement. Paco à sa vue se mit à rire, il appela d'autres tout près et ce fut l'hilarité générale. Mathias était tétanisé. Ils se foutaient de lui et il se dit que la révolution avait une drôle de gueule et que les masses en mouvement commençaient à les lui briser.

Mathias aida Paco et Rodrigo à étendre la bâche sur le sol, à faire le plein des jerricanes d'eau, d'essence. Ils s'arrêtèrent un moment, pour fumer et boire un coup, une sorte de rhum qui lui piqua les yeux et lui fit tourner la tête. Ses compagnons de voyage sortirent du baraquement un à un et il se dit, qu'ils faisaient une drôle d'armée et se mit aussi à les charrier pour se venger et aussi parce qu'il avait envie de chialer.

Ils se retrouvèrent tous, sous une sorte de tonnelle pour manger. Paco ne le lâcha pas d'une semelle, il aurait pu croire qu'il voulait se faire pardonner. Il commença à l'interroger :

- Tu viens d'où Mathias et comment tu t'es retrouvé là et pourquoi faire ?
- Ça fait beaucoup de questions en même temps répondit Mathias en remplissant son verre.
- Je préfère les poser toutes d'un coup pour pas à y revenir.
- Tu as peur que je sois un espion ?
- Décidemment les français et la paranoïa, c'est une histoire d'amour. C'est seulement pour te connaître. Je t'ai vu à poil, maintenant je veux le reste.

Mathias était troublé et après un silence se décida à répondre :

- Je viens de Marseille, une ville du sud de la France, un grand port ouvert sur la méditerranée.
- Pas la peine d'un cours de géographie, je connais, j'y suis resté un certain temps, j'enseignais l'espagnol et c'est là que j'ai appris à parler français.
- Je ne sais pas quoi te dire. J'ai vécu dans une famille tranquille, tellement tranquille que je crois avoir dormi pendant 18 ans. J'ai fait tout comme il fallait, études, sport et tout ce qu'on demande. Mais je percevais des choses qui me révoltaient en permanence, les licenciements, le racisme, je me suis mis à lire le « Monde Libertaire » et Bakounine, et Malatesta et Marx, Engels, Trotski, celle qui me plaisait c'était Rosa Luxemburg, je comprenais bien ce qu'elle disait. J'ai milité dans un groupe libertaire, et puis je m'en suis éloigné, je voulais du mouvement et pas ces cris isolés et rentrer chez moi après. Et puis il y a eu votre révolution, les Sandinistes, les paroles du capitaine Ortega, le petit poucet contre le grand méchant loup, le Viet Nam avait bien réussi et je n'avais pas envie de revoir le massacre du peuple chilien. Il fallait que je sois là. Pourquoi faire ? Pour être à côté de vous et pour arrêter de me taire.
- Et qu'est-ce que tu sais faire ?
- Ecrire.
- C'est tout ? On a besoin de combattants, de maçons, de boulangers, il faut tout reconstruire. Et tu ne sais même pas parler, ni écrire en espagnol.
- J'apprendrai.

Paco se leva. Mathias le vit faire le tour de la table, discuter avec un grand type maigre. La discussion était animée. Paco fit un geste rageur et revint s'asseoir.

-   Bon, on t'emmène, mais si je vois que tu es un boulet, je te renvoie d'où tu viens et d'où tu n'aurais jamais dû sortir. La révolution c'est aussi du sang, de la merde, de la haine, du courage et de la peur. Ce n'est pas des soldats habillés par Saint Laurent qui voient l'aube radieuse se lever et même si elle se lève, il faut construire des maisons, des écoles, des barrages, semer la terre, engranger les récoltes, s'écorcher encore et encore. J'ai une femme et deux gosses, j'ai trente ans et j'ai mille ans, je ne les ai pas vues depuis presqu'un an et c'est pour elles que je suis là. Si tu veux apprendre, tu dois le faire très vite. On part dans une heure.
-   Merci Paco.
-   Ne me remercie pas encore.

Ils s'alignèrent près des camions, le grand type maigre, sûrement le chef, inspecta les chargements. Il se planta devant eux, fit un discours enflammé. Paco se tenait près de lui, l'air détaché. Il avait dû entendre ce discours des centaines de fois. Mathias ne bougea pas d'un poil et attendit l'ordre de départ.

Le ciel s'était obscurci, des bandes de nuages fous se couraient après, quelques gouttes s'écrasèrent et plus rien, de nouveau la chaleur moite.

Mathias monta dans le premier camion, près de Paco avec deux espagnols, trois anglais, deux brésiliens, un italien, une maigre internationale. Le convoi se mit en branle, aux routes goudronnées, succédèrent des pistes qui s'enfoncèrent dans une forêt de plus en plus dense. Il n'avait jamais rencontré pareille humidité. Les camions s'arrêtèrent. Il fallut rebâcher en vitesse. A peine installés à l'abri, ce fut le déluge. Les gouttes frappaient sur la toile comme des balles, le paysage s'estompa. Ils ne furent plus que chaos de la route, orages et tremblements. Personne ne parlait et ça dura des heures. Mathias sortit son calepin, nota pour ne rien oublier du voyage. Il tenta un croquis mais les nids de poules faisaient trembler les traits. Nouvel arrêt, un des camions était embourbé, il fallut le pousser, mettre du bois sous les roues, la boue giclait de partout. Bientôt ils ressemblèrent à des golems. Ils se regardèrent, crottés, trempés et se mirent à rire sur leurs rêves de vingt ans. Ils arrivèrent enfin dans une clairière au milieu de nulle part, il y avait des maisons en bois, des grandes tentes, tout avait l'air calme, aucune agitation. C'était à la fois un village et un camp militaire. Paco se retourna :

- Nous sommes arrivés, bienvenue dans votre nouveau monde.

Le nouveau monde était désormais le sien. Mathias s'était adapté avec ennui, avec routine.

Il s'était rêvé combattant, il était agriculteur, maçon, il avait fait des progrès en espagnol et commençait à participer activement aux réunions civiques. Les débats étaient vifs, parfois très techniques, toujours quotidiens, bien loin des envolées lyriques qu'il se répétait en boucle.

Il apprit à connaître ses compagnons et s'étonna de la diversité de leurs parcours, architectes, mécaniciens, professeurs, paysans, ouvriers, de leurs engagements, militants communistes, syndicalistes, humanitaires ; ils parlaient très peu d'eux-mêmes, de leurs désirs, de leurs amours, des hommes et des femmes sans sexes, même Paco ne parlait plus de sa femme et de ses enfants. Mathias voulait écrire, tenir un journal de voyage, un journal de lutte. Il n'était pas allé plus loin que : « Nous avons quitté Managua. » Une information essentielle et unique. Les semaines passaient et il se sentait attaché à la boue, aux déluges quotidiens, il n'avait jamais vu autant d'eau se déverser. Quand ça tombait, ils se mettaient à l'abri où ils pouvaient, attendant que ça passe et retournaient à leurs tâches.

Un soir, ça devait faire deux ou trois mois qu'il était là, des nouvelles de Managua. Les Contras étaient en déroute, une constitution se mettait en place, un gouvernement provisoire, des élections allaient être organisée. Explosion de joie. Tout le monde s'embrassait, se félicitait, mais lui se sentit fatigué, incapable de se réjouir. Il se mit à l'écart. Il ne serait pas un héros. Paco s'approcha et dit en s'asseyant près de lui :

- Tu es arrivé un peu trop tard mais on ne naît pas tous les jours Che et se faire tuer la poitrine au vent, ce n'est pas un but. Tu es venu et c'est déjà bien, mais tu n'as plus rien à faire ici, ce pays c'est à nous de le faire et seulement à nous.
- Je sais et perdre ses illusions, c'est déjà un progrès pour moi.
- Quelqu'un t'attend en France ?
- Personne, je suis un décalé de la politique, un décalé de l'amour, mais ici ou ailleurs c'est la même chose. J'ai rebroussé chemin le jour de ma naissance.
- Non, je pense que tu suis le tien comme tu peux. J'ai dû choisir moi aussi, on dit que choisir c'est renoncer, alors j'ai renoncé.
- Tu as une femme, deux gosses, un avenir.
- Qui te dit que mon renoncement, ce n'est pas ça justement ? Essaie juste de faire la fête avec tes compagnons de la terre que tu as labourée et ensemencée, de cette école que tu as aidée à bâtir dans ce trou perdu, une étincelle d'avenir. Je vais te

chercher à boire et pas du rhum frelaté, ce soir
Téquila.
Paco se leva. En le regardant s'éloigner Mathias le trouva
d'une élégance féroce, d'une beauté de pluies et de terre. Il
sentit un désir qu'il avait oublié, revenir. La tête lui tourna.
Il se dit de penser à autre chose, de préparer son départ,
d'aller faire son baluchon mais les yeux noirs, les mains
burinées de Paco l'obsédaient. Il se demanda quel goût
avait sa peau. Il aurait dû fuir, mais il resta. La nuit était
tombée, les ténèbres avaient noyé les arbres mais tout était
allumé dans le village. C'était le soulagement et la fierté
d'être là ensemble, des rires, des chants, de la musique, de
l'alcool. Les corps se libéraient aussi, plus souples, vivants
enfin. Les filles avaient enlevé leurs casquettes, l'une d'elles,
une petite boulotte renfrognée se mit à danser, elle faisait
gicler un peu de boue sous ses pas et tournait les bras
ouverts et son visage s'éclaira d'un sourire extatique. Les
autres tapaient dans les mains en rythme et bientôt une
sorte de frénésie s'empara du groupe, des couples se
formèrent, une autre révolution en marche. Paco était
revenu avec une bouteille de Téquila. Il en but une rasade
et la tendit à Mathias. L'alcool le fit tousser
C'est la première gorgée qui est dure après ça va mieux, lui
dit Paco.
A la deuxième, il se sentit bien. Paco lui prit la main
l'emmena dans la forêt, personne ne s'occupait d'eux. Il
faisait noir à être aveugle. Mathias tremblait un peu et se
sentait désarçonné. Paco le plaqua contre un arbre, lui défit
fiévreusement le pantalon, le caressa. La nuit bascula, les
mois d'ennui envolés, il sentait le sexe dur de Paco en lui, la
bouche de Paco contre sa nuque, des mots inconnus
murmurés, encore les mains sur ses hanches, sur son dos,

ils jouirent en même temps à la lune, aux branches folles.
Ils se retrouvèrent l'un contre l'autre, haletants, bousculés.
- C'est ça mon renoncement. Tu comprends ?
Mathias hocha la tête incapable de parler.
- Viens, on va rejoindre les autres et demain nous retournerons à Managua.
Le lendemain, il était prêt avant tous. Les adieux furent rapides, pas d'échanges d'adresses, ils savaient qu'ils ne se reverraient plus, compagnons de hasard, ils tenteraient de vivre ailleurs. Ils ne furent que trois à partir et Paco comme chauffeur. Il se mit près de lui pour le respirer encore un peu le temps de la piste, le temps de la pluie, le temps du désert des mots. Managua en pleine fièvre. Du bruit, des voitures, des bars, des restaurants, des gens habillés en civil, des affiches sur tous les murs. Mathias se sentait perdu après ces mois de jungle. Son combat s'était terminé contre un arbre avec le corps de Paco. La voiture s'arrêta devant un petit immeuble décrépi. Paco sortit et leur dit :
- Restez-là, j'en ai pour 5 minutes et il s'engouffra dans l'immeuble.
Il ressortit avec deux fillettes qu'il tenait par la main, suivi par une jeune femme brune souriante.
Je vous présente Rosetta, Mina et Rosa mon épouse.
Tout le monde de se saluer. Paco observait Mathias à la dérobée, mais ce dernier ne cilla pas. Il parla avec la jeune femme et lui dit qu'il repartait et qu'il était enchanté de faire sa connaissance, que Paco avait beaucoup parlé d'elles et qu'il allait enfin rentrer. Les petites lui demandèrent d'où il venait, il leur répondit de France, elles rirent de son accent et lui firent promettre une carte postale de Paris. Tout le monde s'embrassa pour se dire au revoir et direction la gare. Mathias fut le dernier à partir. Paco avait le visage

fermé. Le train arriva en sifflant. Au moment de monter Paco prit la main de Mathias et lui dit doucement :
Je voulais que tu voies mon renoncement.

A soixante ans, le Nicaragua lui paraît loin. Il aurait pu écrire sur les plaines espagnoles, la colonne Durutti, mais ce n'était pas son histoire c'était déjà de l'histoire. Il sourit au pseudo Paco qui était un petit gars des rues rencontré au coin d'un terrain vague. Il en a fait ce révolutionnaire vertueux. Un cliché, un archétype, mais peut-on écrire autrement ? Clichés, photos, pellicules, arrêt sur images, flou, ralenti, le mur du rien, les ruelles de Managua surexposées, couleurs blanches, neutres, lumières, spots, projecteurs, pauses, poses.

La ballade de Rosa Blum et de Mortimer le Canicroc.

En toi la vie au bout du monde
Et ton regard qui ne peut rien
Même pas caresser un chien.

Jean Sénac. Pour une terre possible.

Il est un pays
Dit par la lueur du temps
A l'insu du souvenir.

Tahar Ben Jelloun. Le discours du chameau.

Elle s'appelait Rosa Blum. Elle avait eu d'autres noms mais elle avait gardé celui-là. Celle de l'effeuilleuse des Bayous. Elle était née…mais son âge s'était perdu. Elle se souvenait s'être appelée Maria Dolorès Da Silva, et ses jambes maigres trempaient dans les eaux épaisses de Louisiane. On l'avait aussi nommée la Tordue, l'Enfant du Diable, la Folle des marais. Quand elle était sortie du ventre de sa mère, son père avait eu un haut le cœur et sa mère s'était signée plusieurs fois. Ses parents l'avaient mise à l'écart. Elle ne mangeait jamais avec ses frères et sœurs, dormait dans la soupente et faisait toutes les tâches ingrates. Elle ne parlait, ni ne protestait, une esclave idéale. Après son travail, elle passait des heures à contempler les lianes et les grands palétuviers et à traîner dans la mangrove. Elle trouvait des trésors qu'elle gardait précieusement dans une grotte sous le plus bel arbre. Dans ses errances, elle avait rencontré Claudia Mambo, une vieille ratatinée, vaguement sorcière, elle ne savait pas pourquoi elle s'appelait Mambo, vu qu'elle ne parlait que de Calypso. Elle lui avait appris les pas de danse, et montré des vieilles photos jaunies de la Nouvelle Orléans que Rosa avait trouvé lumineuse ; elle en rêvait. La vieille lui avait tiré les cartes, et lui avait prédit la rencontre avec un être extraordinaire qui comblerait sa vie. Elle y croyait. La vieille avait disparu un soir de cuite sous les dents d'un alligator. C'est ce qui se racontait. Fallait toujours se méfier de ces bestioles.

Ses seins poussaient. Ses formes changeaient. Sa mère et son père la convoquèrent officiellement à table pour une fois. Ils lui dirent qu'il était temps qu'elle vive sa vie ailleurs. En fait, ils en avaient marre de voir sa face de rat et il fallait qu'elle dégage.

Il y avait un étranger dans la pièce qui la regardait comme on regarde les chevaux, examen complet, de la tête au pied sans oublier les fesses et le bas-ventre. Il fit mine de réfléchir. Elle, ne bougeait pas. Elle pensait à la grande ville. Quand il eut pris sa décision. Il dit au père : « Ce n'est pas un cadeau, mais elle fera l'affaire ! » et il topa.

Elle vit ses parents soulagés. Son père sortit même le meilleur whisky trafiqué. Ils trinquèrent à leur accord. Elle demanda la permission de sortir pour prendre quelques affaires et alla à sa cachette prendre son collier de coquillages, son suspensoir bouts de bois qu'elle enroula dans le jupon rose offert par Claudia Mambo. Une fois prête, elle retourna chez ses parents pour leur dire au revoir, mais ils étaient tellement saouls, que sa mère affalée sur le rocking chair et le père écroulé sur la table ne l'entendirent même pas partir. Elle s'était demandé si l'étranger n'était pas cet être extraordinaire qui devait combler sa vie, elle déchanta très vite. C'était un voisin de bayou, bouilleur de cru lui aussi et contrebandier, quand il eut fini avec elle, il la revendit à un autre, puis un autre jusqu'à ce qu'elle aboutisse chez Charly Memnoch le Démon. Il n'était pas démon seulement maquereau, mais fait notable : à la Nouvelle Orléans. Ce fut lui qui la baptisa Rosa Blum, l'effeuilleuse du Bayou. Il avait trouvé son vrai nom trop compliqué et trop bouseux. Rosa Blum ça faisait européen et la clientèle voulait du dépaysement et de l'exotisme.

Le bordel de Charly était très spécial. Toutes les femmes étaient monstrueuses, à barbe, trois seins, quatre mentons, bossues, tordues, boiteuses, lézard, panthères. Tout ce qu'il y avait de plus bizarre se trouvait là. Charly lui-même était étrange, tellement noir que la nuit il disparaissait. Il était parfois très grand et d'autres fois presque nain. Il disait qu'il pouvait changer de forme selon son humeur, n'était-il pas Démon ? Il avait une voix fluette, presque cristalline et parfois, il se mettait à chanter des airs d'opéra et dans ces moments-là, le bestiaire devenait magique. On se serait cru sous le ciel étoilé de la mangrove avec les odeurs de bois pourri du bayou. Dans cet univers Rosa s'épanouissait. Elle semblait presque normale, presque belle. Ses grandes mains maigres, son visage figé, ses yeux vides légèrement louches ravissaient la clientèle, ça devenait du délire quand elle faisait son numéro de striptease sur *Calypso Queen* avec sa voix rauque. Moiteur garantie.

Un amant de passage lui avait offert une paire de bottines rouges qu'elle ne quittait jamais, même complètement nue. C'était sa signature.

Pour elle le bonheur était là, dans sa chambre où elle entassait tous ses cadeaux, coquillages, boucles d'oreilles, colliers, gilet brodé, tunique verte en soie du japon et un chapeau qu'un jeune marin lui avait laissé. C'était lui qui lui avait raconté une étrange histoire, d'un être hybride qui vivait dans les marais, précisément d'où elle venait. Il était mi chien mi croco, un Canicroc, et il hantait les lieux.

Certains soirs ses cris étaient tellement déchirants que les hommes fuyaient et que les alligators se cachaient. Ces nuits-là, on entendait seulement le vent dans les lianes et les plaintes de la créature et surtout avait rajouté le marin, c'était des hurlements de solitude. Cette histoire d'un être pleurant sa solitude, l'avait tellement émue qu'elle en rêvait tous les soirs. Elle se demandait à quoi pouvait ressembler un monstre pareil et le besoin de le rencontrer devint une obsession. Elle en fit même un numéro : *Rosa et le Canicroc*. Elle arrivait sur scène en traînant derrière elle, une sorte de grande poupée aux dents acérées et quand elle était nue, elle se mettait dans la gueule du monstre et les spectateurs hurlaient, certains montaient sus scène pour la sauver. Charly Memnoch le Démon était tellement content d'elle et du fric qu'elle ramassait, qu'il lui mit à disposition un appartement entier et lui dit que désormais elle était libre de rester ou de partir. Elle avait rempli son contrat et au-delà. Elle resta jusqu'au Carnaval. Quand la lune rousse apparut, elle fit ses bagages sans rien oublier et disparut telle une légende, avec son jupon rose, son chemisier rouge et vert, son gilet brodé, ses colliers de coquillages, son borsalino et ses bottines rouges qui luisaient dans la nuit. Charly la pleura et il se consola avec la femme boa qui devint son attraction vedette.

On la vit le long du Mississipi, à Bâton Rouge, Jackson, et jusqu'à Memphis où sa trace se perdit. On disait que quand elle apparaissait l'air était plus léger, que le ciel avait une pureté incomparable, que les nourrissons souriaient, pour peu les aveugles auraient retrouvé la vue ou les paralytiques se seraient mis à marcher. Elle commença à faire de l'ombre aux églises de toutes les confessions et on décréta la femme aux bottines rouges et au chapeau gris, démoniaque et contraire à la foi. Qui croirait en elle, serait excommunié sur le champ ! Tout le monde rentra dans le rang mais des cultes secrets se mirent en place et la légende continua. Et puis on n'entendit plus parler d'elle.

Il ne savait pas où il avait émergé et quel était ce cloaque infesté de moustiques et d'alligators rusés, toujours prêts à mordre ce qui passait à portée de mâchoire. Sa seule certitude c'était qu'il était perdu et absolument seul de son espèce. Il avait envisagé la mort, mais n'avait pu se résoudre. Il croyait en sa bonne étoile. Alors il essaya de survivre.

Il réussit à établir un statu quo avec les alligators et autres bêtes qui infestaient le delta. Il avait essayé de rentrer en contact avec quelques chiens errants, mais les autres n'étaient pas intéressés et surtout fuyaient à son approche le traitant de monstre et de croco dégénéré.

Il était étonné par la pauvreté de langage des êtres du marais, mais il avait continué à chercher. Ce monde était vraiment étrange, humide, âpre et violent. Tous ceux qu'il croisait ne pensaient qu'à bouffer et à se bouffer entre eux.

Tant bien que mal, il s'habitua à sa solitude. Le plus dur, c'était quand il se réveillait, ses rêves le ramenaient immanquablement dans la grande caverne souterraine où son peuple vivait, invisible aux yeux des autres, il y faisait chaud et tout était lumineux, contrairement aux croyances qu'il entendait çà et là. De repartir dans ce bourbier, lui donnait le bourdon et puis sa curiosité naturelle reprenait le dessus. Il se sentait comme un explorateur d'un monde nouveau, et pensait avoir la mission de donner le maximum d'informations au monde du bas quand le temps serait venu. Il ne savait pas qu'il avait été abandonné, tellement il était moche et difforme.

Une matinée étouffante d'humidité et de chaleur lourde, épaisse, il se reposait à l'ombre d'un chêne d'eau quand il entendit des pas légers. Il se cacha et continua à observer. Il vit un être qu'il n'avait jamais vu. Petit, des poils longs sur la tête, la peau blanche et fragile, des longues mains et surtout qui parlait et chantait. Il ne comprenait pas tout, mais ça ressemblait beaucoup au langage employé sous terre. Il trouva cet être magnifique, une sorte d'apparition. Il le suivit à distance et le vit parler avec animation à un autre plus grand, aux poils plus gris et au teint plus terne et repartir en chantant. A partir de ce jour, il ne le quitta plus et il découvrit qu'il y avait beaucoup de ces êtres. Il se renseigna auprès des crocos qui lui apprirent que c'était des humains, qu'il y avait des mâles et des femelles, et qu'il fallait se méfier d'eux, ils lui firent aussi des comparaisons culinaires, les femmes étaient plus tendres que les hommes et sentaient moins mauvais et que le plus grand délice c'était les plus petits, les enfants, fondants en bouche, pas besoin de mâcher, les os craquants juste ce qu'il fallait et le délice des délices, les nourrissons ; les crocos en bavaient de plaisir. Il les laissa à leurs délires. Il savait ce qu'il voulait. Cet être était une petite fille et il devint son ange gardien. Il jouait les ombres et il avait un but. Mais ce qu'il n'avait pas prévu arriva, elle disparut. Il la vit partir avec un homme qu'il ne connaissait pas. Il tenta de savoir où elle était partie et était allé chez la vieille. Il se montra et lui demanda des nouvelles de la petite.

Elle en conçut une telle terreur qu'elle tomba dans l'eau et se fit dévorer en quelques secondes.

Il continua sa vie au milieu des opossums, des tatous à neuf bandes. Les loutres l'amusaient et il passait beaucoup de temps à les regarder, mais il avait ce vide au fond de lui. Les soirs de grande lune qui donnaient aux Cyprès Chauves des allures fantomatiques, il hululait sa solitude. Il devint malgré lui le fantôme de la mangrove. Sa réputation s'étendit avec le cortège d'histoires farfelues colportées par des contrebandiers qu'il n'avait jamais vus, sauf un soir. Il était tombé nez à nez avec un jeune marin qui la première peur passée, lui avait tiré dessus. Il avait réussi à se planquer mais l'autre l'avait vu et de fantôme il passa au statut de créature mythique. Il dût faire de plus en plus attention. Il retourna à l'endroit où vivait jadis la petite fille. La maison était désertée et menacée de tomber en ruine. Il s'y installa sous le plancher pourri et se mit en hibernation.

A Memphis, Rosa décida de rentrer chez elle. Sans savoir pourquoi, elle était sûre que la prédiction de la vieille se réaliserait là où tout avait commencé. Quand elle réapparut sur la mangrove, personne ne fit attention à elle, on la croyait morte comme toute sa famille et sa réputation n'était pas arrivée jusque-là. On la prit pour une riche excentrique, une parente éloignée. Quelques prétendants lui tournèrent autour, mais son regard glauque et fixe, les faisait fuir. Elle fit rebâtir la maison, la meubla à son goût.

Tous les soirs elle s'installait sur la vieille chaise en paille avec du thé glacé et du gin et partait dans ses souvenirs. Chaque soir, chaque soir, sauf un.

Elle sentit comme un frôlement, elle crut à des chauves-souris nombreuses dans le coin et réajusta son chapeau. Mais c'était autre chose : une présence inconnue, une odeur inconnue. Elle mit ça sur le compte du gin et s'endormit. Au matin, elle vit que tout était rangé et nettoyé. Elle s'était dit qu'elle avait chargé un peu trop et c'est là qu'elle vit la créature dont avait parlé le jeune marin. Elle était assise près de la chaise et à son approche, elle émit une sorte de parole : « *Moi t'aimer, moi t'aimer,* » en appuyant sur le r. Elle crut que c'était son nom. Elle répondit : « Tu t'appelles Mortimer ? C'est ça ? Je suis Rosa, Rosa Blum. » L'autre hocha la tête. Le malentendu de l'amour.

Elle reprit : « Je savais que je te trouverai. On me l'avait prédit. Les parias se cherchent et se trouvent. Raconte-moi Mortimer, raconte-moi les mondes des Canicrocs, les gorges profondes, les pierres qui pleurent, les sources taries, les vallées arides. Je te raconterai les meurtres, les saccages, les légions d'esclaves mais aussi la musique, les couleurs, les mots sur des feuilles aussi légers que des caresses un matin chaud. » Elle le prit sur les genoux et Mortimer reçut son premier baiser.

Le temps se figea.

Des années se sont écoulées. La mangrove s'est réduite. Des immeubles et des supermarchés ont poussé. L'ouragan Katrina est passé. Des gens sont morts, d'autres sont nés. Ça souffre, ça rit, ça crie, ça jouit, ça pleure, ça se tue, ça construit, ça détruit, et ça recommence.

Le soleil couchant se reflète sur l'eau saumâtre, teintant de rose les palétuviers et les cyprès. Rosa est sur sa vieille chaise, immobile, elle caresse Mortimer qui sourit de toutes ses dents. Il lui dit : « Les êtres sont comme les œuvres d'art. Ils ne reflètent rien jusqu'à ce qu'on les aime. »

Elle hoche la tête, le gratte entre les oreilles. La nuit s'étend.

Azulejos variations.

A François

Aujourd'hui, je projette un emploi du temps extrêmement bizarre.
Par ailleurs, depuis une semaine, je dors comme si je montais la garde.
Ma vie a quelque chose de l'asile d'aliénés.

Franz Kafka. Lettres à Felice

J'ai cherché durant de longs jours dans tous les miroirs de ma maison le chemin qui conduit à ce jardin merveilleux et, à la fin, par un pur hasard, je l'ai trouvé.

Federico Garcia Lorca. Dans les bois des cédrats de la lune

Lisbonne. J'étais descendu de l'avion, désorienté, angoissé. Un taxi taciturne m'avait conduit au petit appartement que j'avais loué. Le strict nécessaire, avec un minuscule balcon rempli de géraniums. Là, je m'étais cloîtré. Je fuyais la mort et des souvenirs qui me bouffaient la tête. Les nuits moites, je les passais seul à me retourner dans les draps trempés de sueur. Je pouvais hurler, personne ne viendrait à mon secours. Pour passer le temps après avoir fait les courses, je mettais une chaise et restais là dans la chaleur étouffante à boire du Vinho Verde et à réciter à haute voix des vers appris par cœur. Je devenais fou. Et puis un matin :

- Hello beau gosse, tu me donnes une cigarette, je n'en ai plus ?

Je regardai d'où venait la voix. C'était la voisine du dessus. Je l'avais croisée deux ou trois fois dans les escaliers, elle était toujours attifée comme pour une soirée. Je l'entendais chanter parfois tôt le matin, elle m'intriguait mais je n'avais jamais cherché à en savoir plus. Elle reprit :

- Tu n'aimes pas les apparitions ? Bon d'accord, je ne suis pas encore au mieux de ma forme, pas rasée, pas maquillée, mais je suis rentrée tard et impossible de trouver une clope dans ce quartier pourri à 5 h du matin. J'espère que je ne t'ai pas réveillé. Tu as une mine épouvantable mon chéri, pire que moi. Ce que je te propose : tu m'amènes des cigarettes et je te fais un bon petit déjeuner, comme ça on fera connaissance. On s'est à peine adressé la parole depuis trois mois. Ça ne se fait pas entre voisin.

J'étais dubitatif, finalement je me décidai :

- J'arrive dans cinq minutes.
- Je t'attends. Je t'aime déjà, répondit-elle en riant très fort.

J'attendis les cinq minutes et montai. L'appartement du dessus était comme le mien mais encombré de toutes sortes d'objets hétéroclites, une vraie brocante.

- Ne fais pas attention au désordre, je ne suis pas douée pour le ménage.

Celle ou plutôt celui qui se tenait devant moi, devait avoir dans les trente-cinq ans, il était aussi grand que moi avec des épaules larges, des bagues à chaque doigt, des yeux rieurs et une bouche maquillée. Il était vêtu d'un collant noir et d'un t-shirt *SexPistols* à l'effigie de la reine qui lui descendait à mi cuisses.

- Me regarde pas comme ça, tu vas me faire rougir. Je me présente Alvaro, Manuel, Sensoela pour mes intimes et si tu veux, tu peux faire partie de mes intimes mais je sens qu'il va y avoir du boulot. Et toi ? Marcel, Robert, Victor j'aimerais que tu t'appelles Victor, ou mieux Edouard, un français qui s'appelle Edouard, un rêve.
- Seulement François.
- Pas mal, mais si tu veux changer pas de problème. Je t'ai préparé un café bien serré, j'en ai autant besoin que toi. Les nuits sont courtes avec cette chaleur. Je t'ai remarqué mais je n'osais pas, j'ai parfois des timidités de demoiselle et pourtant j'en ai vu…
- Moi aussi mais je n'avais pas envie de parler, j'avais besoin de solitude.
- Et maintenant ton vœu de silence est rompu ?
- Si on veut, mais je devenais complètement cinglé surtout.
- Ça ne te gêne pas ce que je suis ?
- Ça m'a surpris, c'est tout. Je pensais sincèrement que tu étais une femme.

169

- Mais j'en suis une, chéri, enfin pas complètement. Les seins et la chatte en moins, mais ça je m'en passe complètement. Et puis comme ça je navigue entre les deux rives, le Vasco de Gama de l'amour. Je suis sûr que c'en était une.
- Une quoi ? demandai-je.
- Une pédale. Qu'est-ce que tu es venu faire ici ? Ne me dis pas que c'est la révolution ? C'est ça ? Nous sommes le seul peuple à avoir fait une révolution grâce à un coup d'état militaire et avec des fleurs en plus. Seulement quatre morts, c'est du grand art ou alors on en a tellement chié avec le vieux qu'on a renoncé à la violence. Non sérieux tu es venu pour ça ? Parce que si tu es un reporter, t'es nul pour les scoops.
- Je suis écrivain et comme m'a dit un de mes amants, un vautour des révolutions, mais ce n'est pas la seule raison. Pas envie d'en parler maintenant.
- Un écrivain ! Et pédé en prime, c'est mon jour de chance ! Saint Pessõa priez pour moi ! Viens, on va se mettre sur le balcon de poche et on va faire comme si on était de vieux amants.

Sensoela connaissait tous les dessous de Lisbonne, elle m'avait dit qu'elle n'était jamais sortie de la capitale, qu'elle avait appris le français à l'université, qu'elle était diplômée d'une école de l'art, elle se faisait un CV sur mesure au gré de nos rencontres. Elle ne mentait pas, elle racontait des histoires. On ne se voyait que la journée, la nuit c'était un autre monde et nous le vivions séparés. J'avais pensé qu'elle se prostituait, cliché classique : un travesti ça se prostitue ou ça joue dans des boîtes minables. Mais

170

Sensoelatransgressait les genres, elle était intimement liée,
pétrie de cette terre, une madone bancale sur fond
d'Azulejos.

Un autre jour sur le balcon de poche plus frais que
d'habitude. Dans cette ville, le printemps était déroutant,
chaud comme l'été et les vents tournaient et l'humidité
rappliquait aussi vite. Je sirotais un café, Sensoela prenait
une douche, il y avait un album de photos sur la table,
machinalement je tournai les pages, à l'avant dernière un
cliché avec trois soldats en treillis dans une jungle. L'un des
trois ressemblait à s'y méprendre à Sensoela. J'allais lui
demander si c'était son frère et je sursautai- je ne l'avais pas
entendu arriver- quand elle me dit :

- J'étais un beau jeune homme, tu trouves pas ? Et
  viril.
- C'est toi ?
- Oui.
- Mais elle a été prise où ?
- Angola, Mozambique, je ne sais plus très bien. On
  était comme les doigts de la main, des frères
  d'armes et de sang.
- Tu étais soldat ?
- Ben oui ça ne se voit pas ? Et dans les commandos
  spéciaux en prime !
- ………………..
- Tu pourrais en faire un beau roman : un valeureux
  guerrier, genre Rambo, finit en Marylin, mais qui est
  Rambo et qui est Marylin ?
- Je ne sais plus quoi dire !
- Je suis l'incarnation de cette révolution tu ne
  trouves pas ? Réfléchis un peu. Le vieux Dictateur
  était mort, des hommes de paille tentaient de
  maintenir le régime de la momie sanglante. Et nous

les jeunes qu'est-ce qu'on faisait ? On continuait le cauchemar en Afrique. Il était temps que ça s'arrête. On en avait marre de jouer les bourreaux, marre de la PIDE, et marre du sang et de la misère, alors tout s'est effondré et on s'est mis à respirer, et moi je n'ai jamais plus voulu ressembler à un GI Jo portugais. Des trois, je suis le seul survivant, les autres n'ont pas eu la patience d'attendre. Résultats des massacres coloniaux : un s'est pendu et l'autre s'est fait sauter le caisson avec son arme de service devant la tour de Belém, un pied de nez à l'histoire. La « *saudade* », le chagrin, l'exil, appelle ça comme tu veux. Nous sommes un peuple mélancolique, mais on a des circonstances atténuantes avec la culpabilité qu'on se trimballe, nous sommes à la fois bourreaux et victimes. J'ai commencé par le meurtre et je finis dans l'amour. Belle révolution, tu ne trouves pas ?

Je lui pris la main, la serrai très fort, lui dit en retenant mes larmes :
- Le temps arrange tout.
- Mais je ne veux plus avoir le temps.

La vie continuait comme si rien n'avait été dit. Sensoela avait un rythme très précis, elle disparaissait vers vingt heures et réapparaissait sous le soleil. Certaines nuits je l'entendais monter vers cinq heures. Je me rendormais, rassuré. J'ai toujours été inquiet des gens que j'aimais. Comme je ne lui avais jamais demandé ce qu'elle faisait et qu'elle ne l'évoquait pas non plus, je me faisais des films.
Je vivais ses vies par procuration pour tromper l'ennui de la mienne.

En avril ne te découvre pas d'un fil, nous étions partis dans le sud, maisons blanches, fontaines intérieures, forêts d'eucalyptus, bruissantes, murmurantes, susurrantes, habitants en retraits, discrets. Sensoela avait laissé la place à Alvaro, elle m'avait dit :

- C'est mon nom de Lisbonne au–delà je n'existe plus.

Nous parlâmes peu pendant notre périple, on s'offrait aux paysages sans contrepartie. Des vagues océanes au désert brûlant, des Azulejos comme s'il en pleuvait. Je m'étais dit : « c'est peut-être ça l'équilibre » sans y croire vraiment. Les façades blanches n'enlevaient en rien ce sentiment de proie, de traque, une simple parenthèse et le jeu reprendrait, féroce et décevant. En regardant Alvaro j'oubliai Sensoela, même si parfois elle revenait au détour d'un clin d'œil, d'un rire qui fusait, d'un regard trop appuyé sur le cul d'un passant. J'aurais aimé lui demander ce qu'elle faisait la nuit mais devant cette lassitude oisive, j'avais renoncé. Un autre jour, un autre moment, après le vin, après le café, et puis en quoi ça me concernait ?

J'attendrai Lisbonne.

Alvaro me parlait de l'Angola, du Mozambique, de la brutalité des colons, de son dégoût de l'uniforme, des nuits de veilles à attendre la mort.

Ce qui me terrifiait ce n'était pas tant de crever, mais de penser que je n'aurais vécu qu'une vie, une vie de bourreau et que la tendresse et la folie me serait à jamais interdite. Je ne voulais pas être un zombie.

Ça jaillissait comme ça au hasard et il se taisait et ça recommençait. Une purge de la tête. Il m'offrait des images, des sons, des feulements d'animaux tapis dans la brousse, des rites inconnus, il m'emmenait au bord d'un gouffre et me laissait là.

Je ne m'étais jamais adonné à la tendresse, je la découvrais dans des hôtels forteresses, dans des chambres miteuses, le sexe entre Alvaro et moi n'était pas notre monnaie d'échange. Seulement l'un contre l'autre à s'écouter dormir, à s'entendre divaguer.

La parenthèse se referma dans le port de Villa réal de San Antonio et les siamois se retrouvèrent sur les balcons de poche. Sensoela était de retour et l'inquiétude aussi.

Sensoela que fais-tu chaque nuit ?

Sensoela que fais-tu chaque nuit ?

Sensoela que fais-tu chaque nuit ?

Sensoela que fais-tu chaque nuit ?

Une idée fixe à me rendre malade.La soirée était bien avancée, j'étais seul devant un verre de blanc, à me dire « j'y vais, j'y vais pas et si j'y vais qu'est-ce qu'elle va penser de moi ? » Le blanc s'était transformé en Téquila et les verres défilaient, une soif abyssale, faite de fantômes, de chuchotis, de grandes déclarations, de pages griffonnées, illisibles et inutiles, de manges terres, de manges merdes, des ruisseaux de rage, de peurs ancestrales et dociles, des peurs de lâche. Sommeil en fin de course.

La journée suivante se passa normalement, seulement un léger mal de tête et la bouche pâteuse, mais Sensoela me donna une mixture qui me remit sur pied et à la nuit j'étais prêt à la suivre.

Je la laissai s'éloigner et me mit sur ses traces. Elle faisait tellement de détours que je crûs qu'elle m'avait repéré et qu'elle voulait me semer. Mais elle se baladait simplement, visiblement, elle connaissait beaucoup de monde, elle saluait à droite à gauche, je pensai à une reine au milieu de ses sujets mais la reine habitait un drôle de palais. Je la vis entrer dans une grande maison délabrée au milieu d'un terrain en friche, vestige d'un ancien jardin. Il restait de grands eucalyptus, des glycines rachitiques, quelques buissons, deux palmiers souffreteux. Des bouteilles cassées jonchaient le sol, un vieux canapé défoncé sur le perron, la zone habituelle. Ce qui m'étonna, ce fût les balançoires sur le gazon jauni et les jouets éparpillés. C'était quoi ce bordel ? Curieux comme jamais, je m'avançai dans le couloir sombre. J'entendis des bruits au premier étage, Je montai avec précaution le grand escalier de bois. Il y avait de la lumière sous une porte, des chants, des battements de mains, des rires d'enfants. Je m'attendais au cartel de Medellin et je tombais chez Mary Poppins version travesti. J'allais faire demi-tour me sentant honteux quand je vis un garçonnet de sept ou huit ans planté devant moi et qui m'observait avec méfiance

- Pourquoi tu te caches ? dit l'enfant.
- Je ne me cache pas.
- Alors pourquoi tu montes sans faire de bruit et que tu n'allumes pas la lumière ?
- Je ne voulais pas déranger.
- Tu voulais nous espionner alors ?
- Mais non, je suis un ami de Sensoela et je voulais lui faire une surprise.
- Alors pourquoi tu repartais puisque tu voulais lui faire une surprise ?
- Ce gosse commençait à me foutre la trouille et à m'énerver. J'avais toujours eu horreur des mioches qui se la ramenaient.
- Alors tu n'as rien à dire ? Le môme insistait
- ………..
- Je savais que tu mentais mais rien ne m'échappe, je suis comme un jaguar, je sens tout, je vois tout.
- Je ne voulais pas la perturber.

175

- Si tu connais si bien Sensoela, dis-moi comment elle est habillée ce soir ?

Je m'entendis répondre avec une précision maniaque. L'autre écoutait et réfléchissait, il reprit :

- C'est bon et tu t'appelles comment ?
- François.
- Connais pas, tu es son fiancé ?
- Non, c'est seulement mon amie et je m'inquiétais pour elle, mais maintenant ça va mieux avec un gardien comme toi.

L'enfant sourit enfin.

- Oui, je suis le meilleur, reste pas là, si c'est ton amie, elle va être contente de te voir et que tu penses à elle. Allez suis-moi !

Nous nous dirigeâmes vers la pièce éclairée. En suivant le garçon, je pensai à tous les couloirs que j'avais arpentés et qui débouchaient toujours sur des chambres mal fagotées qui sentaient le moisi, la sueur rance, le parfum bon marché, la misère et le désir. Le petit gardien me fit entrer en m'indiquant un siège et en me faisant comprendre d'attendre et de me taire.

J'étais dans une grande salle agencée comme un petit théâtre, des sièges en rangées et tout au fond une scène sur laquelle une vingtaine d'enfants garçons et filles dansaient en tapant dans les mains. Il y avait aussi un décor qui évoquait une jungle. Certains gosses étaient grimés en panthères, en lions et autres animaux exotiques. Sensoela était sur le côté de la scène, elle réglait la chorégraphie. Son petit guide s'approcha d'elle et lui parla à l'oreille. Elle se retourna et me vit. Elle me fit un grand signe et reprit la mise en scène.

La malédiction des chambres borgnes était levée.

En regardant ces enfants panthères, lions, cette même souffrance et cette impuissance à oublier, j'eus envie de hurler et sortis fumer une cigarette.

- Je suis contente que tu sois là. C'était Sensoela. Je me demandais quand tu viendrais Qu'est ce qui te faisait si peur ?
- Que tu sois un cliché.
- Et si ça avait été le cas ?
- Je serais parti. Mais qu'est-ce que tu fais exactement avec ces enfants de la guerre ?
- Je répare ce que nous avons fait, ce que j'ai fait.
- Et cette maison, elle répare elle aussi ?
- En quelque sorte. Elle abrite.
- Tu es une mère Theresa travelo.
- Le cynisme ne te va pas du tout. Ce sont des enfants perdus, la plupart orphelins et clandestins et la maison est un refuge. La journée, elle n'existe pas et la nuit, elle revit.
- Et les enfants dorment le jour dans les sous-sols comme des petits vampires ? Ironisai-je.
- La journée, ils sont invisibles aux yeux de tous. Ils mendient, ils volent, les plus grands se prostituent parfois, mais personne ne les reconnaît, ils n'existent pas pour les bien-pensants comme toi.
- . . . .
- Il ne suffit pas d'écrire, de faire des déclarations, prendre des airs outragés, il faut regarder dans les coins de la ville et ses recoins, percevoir ces regards brûlants de misère, ces pieds sales ou ces vêtements trop légers pour les jours d'hiver. Tu fuis par peur de mourir, eux non, ils sont déjà morts et ils tentent de ressusciter et je les aide parce que je suis mort si souvent que seule la vie m'intéresse. Alors avec

quelques-uns on leur fait jouer leurs histoires pour qu'ils comprennent et qu'ils s'aventurent dans une autre vie. Je ne sais pas si tu comprends ?
Je hochai la tête. Je me sentais misérable de nullité. Je dis :
- Tu es vraiment un être à part.
Sensoela rit.
- Je suis deux êtres à part n'oublie pas. Maintenant tu devrais rentrer, sinon les bébés vampires vont te dévorer. Les comédiens s'impatientent et je dois y retourner. Mon mini ange gardien va te reconduire sinon tu vas te perdre dans le labyrinthe de la maison et ne plus ressortir avant demain soir. Je te vois demain matin et ne fume pas tout.
Je sentis une petite main dans la sienne et le gardien me reconduisit sans un mot à la limite du jardin. En m'éloignant, j'entendis des rires d'enfants, de la joie sur le terrain vague, mais ce n'était peut-être que la lune qui sombrait dans le Tage et qui demandait pardon d'être tombée si bas. En rentrant, je savais mon départ prochain. Je n'avais plus rien à faire là.

C'était une semaine après la répétition enfantine. J'avais préparé mes bagages et me sentais empoté en attendant le taxi. Sensoela m'avait dit avec le talent d'une tragédienne :
Tu vas me manquer mais la vie ressemble à ces dentelles pleines de trous, et c'est justement ça qui vaut le coup. Ce qui n'est pas dit, ce qui n'est pas vu. Ce soir c'est la représentation et on va faire un tabac.
- Tu veux que je vienne ?
- Non, ce sera plus beau sans toi. Tiens c'est pour toi.
Elle me tendit la chevalière qu'elle portait autour du cou
- Je n'en ai plus besoin, je me suis réconcilié.

J'avais la gorge serrée et je ne pus que l'embrasser. Le taxi klaxonnait. Je me dépêchai en m'insultant à voix basse. *Si bo t'secreve'm, m'ta sreve'b, si bo t'sequece'm,m'ta squece'b.*

Néons Jap Noirs

Moi trop seul et toi toujours l'ennui…
Je te vois dans cette déchirure, dans tes bras mes ongles
sont durs…
Pourquoi tu cries si fort ?

WC3. Betsy.

Nous ne pouvons vivre que dans l'entrouvert, exactement
sur la ligne hermétique de partage de l'ombre et de la
lumière.

René Char. Dans l'atelier du poète.

Kozo un prénom qui claque, un prénom qui sent le parfum des cerisiers en fleurs au pied du Mont Fuji, un prénom de voyages et d'embruns, un prénom de délices secrets à peine évoqués. Mais c'était surtout un prénom de tumulte et de désordre et celui qui le portait était passé maître en la matière.

Je l'avais rencontré quand j'étais étudiant en littérature appliquée, appliquée de quoi, je me le demandais encore. J'étais engagé politiquement et persuadé de contribuer à changer le monde. Je taisais soigneusement mon attirance pour les hommes, en me disant que ce n'était pas le moment de le dire et que l'aube radieuse de la révolution finirait bien par se lever et la liberté d'être avec. J'avais discuté plusieurs fois avec Kozo qui n'avait que mépris pour toutes les actions que nous menions. J'avais essayé de le convaincre en vain et finalement je l'avais classé comme irrécupérable, voire comme ennemi de classe. J'avais le jugement définitif à cette époque.Le problème c'étaitqu'il m'attirait comme un aimant, et que ses délires anarcho-punks revisités Samouraïs me fascinaient. Je me souviens précisément du sentiment de joie qui m'avait envahi quand il m'avait invité chez lui. Je n'en revenais pas. Il s'était pointé devant moi et m'avait dit : « Quand tu auras fini de jouer à cache-cache avec toi, on pourra se voir. Je t'attends ce soir. » Il m'avait donné l'adresse et était parti sans un regard. Comme j'avais ma fierté, je m'étais dit que je n'irais pas, que je refusais les ordres, mais vers vingt-heures j'étais chez lui.

Son appartement lui ressemblait, un désordre calculé, fait de bric et de broc et du noir partout. Et malgré toutes mes réticences, je basculai et me mis à passer tout mon temps chez lui. Contrairement à ce que je croyais, il n'était pas seul. Ilétait flanqué d'une ancienne actrice de porno qui

182

ponctuait toutes les phrases de son maître de gloussements ou de silences. Ses silences étaient terrifiants. On aurait dit que tout refluait chez elle, elle avait un visage de tombe avec ses longs cheveux noirs qui l'entouraient entièrement. Elle s'absentait comme si elle laissait là son enveloppe et se barrait ailleurs. Je n'avais jamais vu de goules mais ça devait être ça. Les dialogues de la Miss et de Kozo étaient incohérents, décousus, un mélange de cynisme élégant, de vulgarité, de violences qui tournaient vite à l'hystérie collective. Une maison de cinglés.

C'était lui qui commençait tout le temps. Elle lui répondait d'abord comme une petite fille prise en défaut et au fur et à mesure que les questions se précisaient, elle se mettait à hurler et finissait par une sorte de transe jusqu'à ce que le maître se désintéresse d'elle. Un moment après, ils s'envoyaient de longues rasades de Jack Daniels et se pelotaient avant de recommencer ces dialogues.

Parfois je faisais partie de leur jeu. Je tentais dans ce moment-là de faire bonne figure mais tous mes réflexes revenaient à la rescousse. Kozo enlevait ses lunettes noires, relevait la lèvre supérieure à la *Billy Idol* et me balançait tout ce qui pouvait me faire mal. Toute ma frustration, ma vie honteuse, il l'étalait en prenant l'autre folle à témoin. Il m'avait tellement bien analysé, qu'il ne me laissait aucune porte de sortie. Dans ces moments-là, je les aurais bien abattus, torturés, crevés les yeux, je prenais une rasade d'alcool et me taisais piteusement jusqu'à une autre séance de folie.

D'autres fois Kozo pontifiait comme un vieil évangéliste sous acide :

- Ce qui me touche ce sont les épaves, rognées, rongées à peine vivantes dans une demi mort figée. Tu le comprends ça ? Tu touches des queues, j'ai

183

pigé que c'est ce qui t'intéresse, tu pourrais les couper et être un collectionneur. Une collection de bites en vitrine dans une cave à température pour éviter la décomposition. Tu pourrais te régaler à leur vue parce que la mémoire des êtres leur est attachée. Mais les épaves.... Miss par exemple branleuse de Peep Show et là je peux te dire que même les révolutionnaires pétris de morale venaient se soulager. Tu connais.... C'est la même chose. Mimétisme absolu. J'avais adopté les fringues de Kozo, je mangeais Kozo, je buvais Kozo, je fantasmais Kozo, je parlais Kozo. Obsession garantie.

Les réminiscences de Kozo étaient pour moi comme un volcan qui déversait une bile noire dans tous les sens. Je regardais le soleil et ne voyais plus que les faubourgs de Kyoto que je ne connaissais pas.

Kozo avait grandi là précisément, son père était employé des chemins de fer et sa mère s'occupait comme elle pouvait. Kozo était un enfant surdoué ses profs ne tarissaient pas d'éloges jusqu'au jour où il leur a montré son cul en pleine classe en gueulant : « Regardez bien ! Vous n'arriverez jamais à ce degré de perfection. »
Il avait compris son pouvoir de séduction et s'en servait. Une Kyoko terminée en bout de plage, suicidée très vite. Des profs, hommes et femmes subjugués, perdus dans ses filets et pendus, flingués, l'Ange de la mort, *The Crow* et *Faith* en bande son et en prime les rasoirs de la honte. Il allait sur ses dix-sept ans ravageurs et on le maudissait d'être là.

- Je suis le fossoyeur de l'humanité, c'est ce qu'il disait aussi.

Il se vantait etn'était pas loin de le croire. Miss dans ces moments-là, ricanait ou se mettait à hurler en se tordant les mèches et Kozo dans un état second poursuivait son délire. Pour lui, toute l'humanité devait être éliminée parce qu'elle avait failli. En s'inventant des dieux, des rites, des obligations, elle s'était condamnée toute seule. Je lui demandais :

- Pourquoi tu ne t'es pas suicidé ?
- Je veux être le dernier.
- Tu es un lâche.

Kozo m'avait balancé une torgnole et Miss avait recommencé sa transe démentielle. Il avait repris :

- Je ne suis pas lâche, je veux seulement comme tu le dis souvent, tous les voir crever dans leur graisse, leurs maisons, leurs familles, leurs enfants. Je veux être l'ultime !
- Tu te prends pour Dieu ?

Nouvelle baffe et nouvelle danse.

- La mort pour moi c'est un écran blanc sur une histoire noire.
- …..

Je m'étais absenté dans une boîte d'Anvers sur les docks. La mer était sale, grise, pourrie. Tout suintait le sel, la sueur, la bière, des mecs en cages, une vente aux esclaves sur fond de hardcore punk. Une pipe vite faite dans les chiottes. La révolution dans mon froc ce bon vieux Léo ne croyait pas si bien dire. Crispation du désir. Plus de mots, bruits de succions, râles de plaisir, et ça respirait et ça vivait.

- Alors connard tu réponds ?

Retour à l'ange noir et à la folle qui tournait. Je m'étais dit que la révolution ne pouvait être ce long parcours vers la déchéance et le Machiavel nippon avait hurlé :

- C'est justement ça ! Les mots n'ont aucune vie, c'est la mort qui en a, je serai le dernier et vous crèverez tous et Miss aussi !
- Mais toi, quand tout le monde sera épuisé ?
- Moi, je respirerai enfin !

Je m'étais barré en claquant la porte en me disant : « je ne les vois plus, ce sont des fachos, des ordures, des furieux, aucune issue » et je revenais comme un chat peureux.

La porte était toujours ouverte, je rentrais et ça recommençait. Personne ne me demandait rien, comme si j'étais parti pisser. Kozo continuait son monologue :

- *Violence et passion*, beau film de Visconti, mais le terroriste est trop beau et c'est un pleutre ? C'est comme toi. Tu me fais penser à une biche aux abois. Tes dérives nocturnes, des bricoles pour te faire peur, pour te persuader que tu es dangereux, mais tu es comme les couples Carrefour, les saisons ont disparu, c'est un seul jour toute la vie, un seul jour à mourir d'ennui.

Je repartais humilié sous les couinements de Miss ; je ne savais faire que ça pendant cette période : fuir et revenir me faire insulter, traîner dans la boue et j'aimais ça et plus je mefaisais rejeter et plus mon obsession grandissait : coucher avec Kozo. J'avais tout largué, je n'allais plus en cours, ni aux réunions. J'attendais d'être défoncé, trituré, torturé, de devenir un objet. Le fétiche de Kozo et prendre la place de Miss.

Des malades ! C'étaient des malades et très contagieux. Quand Kozo n'avait plus rien à dire, il hurlait : « A boire, à boire, à boire » en dansant comme un animal fou et Miss imitait l'hyène et mettait *White Riot* à fond.

Wilhelm Wilbras ! D'où sortait-il celui-là ? Encore un contaminé. Il était apparu un jour au bras de Miss. C'était un être malingre, furieusement rouquin. Il avait une manière de détacher les mots qui le rendait vite incompréhensible, comme un automate. C'était son regard qui captait l'attention, un regard totalement vide, des yeux d'un bleu délavé, à peine de la couleur et vitreux. Il ressemblait de haut en bas à une poupée et Miss s'en servait comme telle. Elle le foutait à poil, le caressait, le pinçait, jouait avec son sexe qu'il avait très gros pour un si petit bonhomme et l'enfourchait parfois sous le regard amusé de Kozo. Wilhelm Wilbras, ne bougeait pas, ne bronchait pas, même ses éjaculations étaient neutres. C'était un jouet rencontré par hasard. Quand il dormait, il semblait cassé.Un soir je m'étais approché de lui pour le toucher et j'avais été surpris par la chaleur et la douceur de sa peau, un grain très fin et une odeur de nourrisson, lait et sueur perlée. J'avais essayé d'aller plus loin, mais Miss m'en avait empêché, férocement : « Il est à moi, rien qu'à moi, c'est Kozo qui me l'a donné ! » Les deux noirceurs m'avaient écarté et je mesentais impuissant et exclu. J'eus envie de tuer la poupée et puis je laissai tomber.

Une autre réalité le jour où je basculai dans les bras de Kozo.
C'était un matin de printemps avancé, rempli d'ombres et de soleil. J'avais mis la tenue adéquate et surtout les lunettes noires, totalement indispensables. L'appartement était désert, aucun bruit, Miss disparue, Kozo couché, livide, éploré, et sans lunettes noires, nu. Il s'était mis contre moi et avait commencé à me caresser et Kozo se révéla autre, un amant passif, poussif, geignard, un cauchemar. Je

m'étais levé et lui avais jeté à la gueule ses fringues noires, ses slips noirs, ses lunettes noires.

J'avais dit en partant :

- Je suis peut-être un impuissant des révolutions, mais toi tu es un imposteur et tu ne seras pas le dernier, seulement une ombre, un pet de lapin.

Dans la rue j'étais désorienté, pas facile de rompre avec le chaos. J'étais entré dans un bar mal éclairé, avais descendu des bourbons à la chaîne et étais sorti en titubant, la tête en feu.

Kozo ne serait plus jamais là, je m'en étais fait le serment.

J'avais repris ma vie non sans mal, toujours aussi honteux, passé mes examens, m'étais éloigné de mes anciens camarades. Je pensais parfois à cette incandescence et je faisais un tour nocturne de terrains vagues et ça me calmait. J'enseignais la littérature et je m'ennuyais ferme. Je n'avais plus de nouvelle de la noirceur, il était sûrement reparti au Japon.

Dans une salle d'attente de dentiste ou de médecin, j'étais tombé sur un article racontant l'ascension étonnanted'unjeune japonais. Avant même de voir sa photo en dernière page de l'article, je sus que c'était lui.Je déchirai l'article sans me faire voir et le mis dans mon cartable. Je le relus plusieurs fois. Le journaliste le présentait comme le Rastignac Nippon, on sentait qu'il était totalement subjugué par le personnage. Parti de rien, inconnu, il était devenu un des patrons les plus en vue, avec un bureau au dernier étage du Sunshine 60, une folie d'architecture de Tange Kenzo, construit à la place de l'ancienne prison Sugamo où furent exécutés TojoHideki et d'autres criminels de guerre. Le lieu choisi par Kozo n'était pas dû au hasard. Table rase et en route pour le futur. Il lui fallait tuer la mémoire pour avancer. Rien n'était dit de son origine, une vague évocation de son passé à Kyoto et de son parcours depuis son retour. Un être à part sorti du néant. S'il arrivait à duper les autres, il ne pourrait pas m'humilier de nouveau, je le connaissais dans sa faiblesse et j'avais envie de me confronter à lui une dernière fois et l'histoire serait terminée. Je pris prétexte d'un voyage au Japon sur les traces de Mishima et le contactai. Il fût surpris de m'entendre et me donna rendez-vous dans son bureau après 18 heures pour admirer le coucher du soleil derrière les baies vitrées.

Quand j'entrai, il me détailla longuement et me gratifia d'un : « Tu n'as pas changé, toujours aussi coincé. » Il avait le sourire d'un loup se préparant à dévorer un agneau. J'eus un moment de recul me disant que l'idée n'était pas aussi bonne et qu'en guise de fin, j'allais replonger dans la folie, parce que lui non plus n'avait pas changé. Il était toujours aussi séduisant, fascinant, sûr de lui, agile et complètement allumé. Nous nous assîmes sur un canapé de cuir noir qui devait valoir au moins un mois de mon salaire, avec un verre en baccara rempli d'un bourbon dont l'âge devait se perdre. Nous restâmes silencieux à regarder les tours de verres scintiller. Il rompit le silence :

- Tu as fait tout ce chemin pour me voir ?

Je répondis que c'était un voyage d'étude sur Mishima et la littérature moderne japonaise.

- C'est bien ça, tu es venu pour me voir et pas pour connaître mieux ce bouffon vaniteux.

Comme son argument était imparable, je tentai d'orienter la conversationautrement, je lui demandai de me raconter son retour et comment il en était arrivé là et je précisai qu'il ne me tape pas le baratin pour journaliste. Il sourit de nouveau, mais fait surprenant, avec mélancolie.

Il se leva, se planta devant la baie vitrée et me raconta son retour et sa réussite. Après mon départ et celui de Miss, il était revenu dans son pays. Il avait séjourné sur l'île de Sado-Ga-Shima, une île ou on exilait autrefois, les intellectuels, les rebelles et il se sentait comme tel, un diamant dans un écrin de fumier. Il avait fait plusieurs petit boulots, pêcheurs, pompiste, ramasseur de fleurs pour les vieilles bourgeoises, et aussi gigolo pour les mêmes. Il avait cru que les attentats de la secte Aum annonçaient enfin l'apocalypse, mais il s'était rendu compte très vite que ce n'était qu'une bande de paumés au service d'un gourou sans envergure. Il s'était refermé comme une huître et un soir une femme occidentale lui apparût et lui dit de partir à Tokyo. Il rajouta :

- Vu ta tête, tu penses que je suis devenu mystique ? Rassure-toi, c'est une simple hallucination due à une consommation excessive de saké, mais ça m'a servi à me barrer de cette île. Je me suis installé à Shinjuku et comme j'avais un certain talent pour le cynisme, j'ai gravi tous les échelons. Maintenant je donne des ordres, mais la société me tient par les couilles et malgré mon fric je suis comme les autres, je me lève le matin, je déjeune, je pisse, je chie, je me lave, le soir je traîne et je tire un coup quand ça me chante.
- Et tu as des nouvelles de Miss ? lui demandai-je
- Elle est revenue elle aussi et avec la poupée Wilhelm, ils se sont même reproduits, un vrai cauchemar. Elle est caissière dans un magasin *Tobu* et lui gardien dans un « *Love hôtel.* » Elle ressemble à une grosse Barbie édentée avec le cul aussi affaissé que la bouche. Cette tarée n'a jamais compris que le sexe ne m'intéressait pas, ce que je voulais, c'est le

pouvoir sur les autres, un pouvoir de vie et de mort et maintenant je l'ai.

Kozo, fit le tour de la pièce et s'arrêta devant un vieux sabre. Il le prit, le sortit du fourreau et s'avança vers moi en dansant. Je n'étais pas rassuré et je commençai à flipper. Il s'arrêta devant moi.

- Tu vois ce sabre date de Toyotomi Hideyoshi et il a appartenu à un rônin, fou de guerre qui trimballait dans son sac pouilleux, les têtes tranchées des plus valeureux guerriers, on disait même qu'il faisait commerce avec la mort elle-même, une sorte de fifty-fifty, et que derrière lui quand il dressait son arme, il y avait toujours une ombre gigantesque qui jetait l'effroi chez ses ennemis. J'aime cette légende. Elle me ressemble.

Il rangea le sabre et s'assit près de moi.

- En fait tu es venu contempler ton œuvre, tu connais ma faille et tu as fait de moi un eunuque de la pensée. Le véritable destructeur, c'est toi. Merci d'être venu.

Je me levai pour prendre congé. Il était de nouveau face à la baie vitrée. Juste avant de passer la porte, il me dit sans se retourner :

- Tu n'auras pas le plaisir de me voir me balancer par la fenêtre. Je n'en ai même plus le courage.

Ses derniers mots résonnaient encore dans le taxi qui m'emmenait à l'hôtel. Ce coup-ci l'histoire était bien finie et mon démon s'était volatilisé.

Dix années ont passé. J'ai appris sa mort. Un mail de Miss. Je suis resté stupéfait d'autant que la mort décrite était minable et sordide. Un assassinat perpétré par un tapin junkie en manque qu'il avait ramassé au gré de ses dérives nocturnes. Je me suis dit que je ne pouvais pas le laisser partir comme ça et que la littérature appliquée allait me servir enfin à quelque chose.

Ecrire sa mort, réconcilier mon histoire et surtout y croire. La réalité c'était celle-là et seulement celle-là et tant pis pour Miss et Wilhelm.

La mort de Kozo

« Le Love hôtel est fermé ! Travaux en cours » C'est tout ce qu'a trouvé Wilhelm pour avoir les mains libres. Et le voilà à attendre sous la pluie battante. Qu'est-ce qu'il peut flotter dans ce pays de merde ! Tout ce système pourri ne fonctionne pas. Il a bien essayé de s'intégrer. Enterré vivant, voilà ce qu'il est. Changer les draps, jeter les capotes, sentir les odeurs de fauves en rut, et recommencer, changer les draps, jeter les capotes, jeter les capotes, jeter les capotes à devenir cinglé. L'impression que des pics à glace le perforent. Marre des partouzes des autres, des cris rauques, des gémissements. Fins de mois à pleurer. Des billets à la sauvette. A peine des couches et du lait pour Wilhelm junior. Miss folle sans dents répète sans arrêt : « Du pognon, du pognon, salaud, du pognon. » Baise même plus, il comprend les mecs qui pètent les plombs et qui flinguent à tout va dans la rue, dans les bus, dans les trains. Normal, ils ne se reconnaissent même plus. Putain de pluie, trempé jusqu'au slip. Jouissif de flinguer un ou deux pourris en haut de l'échelle, juste éclater leurs faces de rats satisfaits, comme des pastèques. Il en connait un justement, et bien, celui qui se pavane au dernier étagedu Sunshine, celui qui voulait exterminer la terre entière, le vengeur de mes deux, incapable de bander et qui le reluquait pendant qu'il jouait au sextoy avec Miss. Il va cracher le fric qu'il leur doit. Du porno gratis pendant des années, ça se paye un jour et cash avec les intérêts.

Miss va venir le rejoindre, genre trio du passé, remember, coup de nostalgie. Il va aimer ça l'autre, les voir encore ramper à ses pieds. Il va se ramener dans une bagnole à rallonge, avec ses costards noirs et impeccables, ses lunettes de soleil Matrix. Faut reconnaître qu'il a de l'allure, on pourrait l'appeler maître sans problème et c'est ce qu'ils ont fait, mais maintenant ça suffit, ou il crache, ou il meurt. Marre du studio en carton, des douches poussives, il n'arrive pas à se débarrasser de cette odeur de foutre, il a beau se récurer dans les bains chauds, rien à faire ça lui colle à la peau. Qu'est-ce qu'elle fout ? Il s'est mis à l'abri mais les bourrasques s'amplifient. Et si elle ne venait pas, et s'il ne venait pas à cause de ce temps pourri, monsieur aura peur de se tremper les pompes italiennes, il faudrait tout recommencer. Il ne sait pas s'il en aura le courage. Il allume une cigarette et saute sur place pour se réchauffer. Regarde l'heure, seulement dix minutes de passer. « Calme toi Wilhelm, calme-toi. Ça va être une belle soirée, la seule, et après, la belle vie. » Il regarde le bâtiment, drôle d'idée de faire un bâtiment spécial baise, peuple de tordus, de coincés, de frustrés. Il voit Kozo dans la bagnole, sûr de lui, ne sait pas qu'il a rendez-vous avec son bourreau. Il va se régaler de le voir, gémir, supplier, et crever. L'image le fait bander, comme quoi, faut jamais désespérer. Il entend un ahanement, des injures à voix basse, Miss est arrivée, elle a glissé dans la boue et sa robe rose moulante est toute tachée, avec la pluie on voit ses gros seins en transparence, son maquillage a coulé et ses cheveux peroxydés sont collés et lui font une perruque. Wilhelm la trouve pathétique et charmante, il en a presque les larmes aux yeux :

- *Qu'est-ce que t'as à me mater comme ça t'as encore pris un acide, salaud, t'aurais pu m'en laisser.*

Il hausse les épaules et la fait rentrer :

- *Mets-toi à l'abri tu es toute trempée.*
- *Il est pas encore là ce fils de pute ?*
- *Non, mais avec la flotte qui tombe, c'est normal.*
- *Il a intérêt à venir, sinon je vais dans son loft de merde et je lui coupe les couilles*
- *Il te laissera pas rentrer*
- *C'est ce qu'on verra.*
- *T'inquiète, il va venir et on lui fera sa fête*

193

Il a envie de la prendre dans les bras mais ruisselante comme elle est, elle le dégoûte un peu, il lui tend une serviette ;

   - *Elle est propre au moins, personne ne s'est essuyé le cul avec ?*

Il a envie de la gifler. Elle se met à rire et se met à danser en tournant et ondulant.

   - *Arrête ça connasse, c'est pas le moment !*

   - *Pourtant tu aimais ça quand tu avais une bite ! Et me traite plus de connasse, sinon...*

   - *Sinon quoi ?*

   - *Comme l'autre !*

   - *Un monde sans couilles c'est ça ?*

   - *Ouais, et je t'emmerde.*

Il se tait. Tout détruire le plus tôt possible, et se barrer vite, voilà le nihilisme, au moins un mot qu'il aura appris.

   - *J'ai envie de pisser.*

   - *Au fond à droite.*

   - *Merci, trop aimable. T'es comme ça avec les clients quand tu leurs vides leurs capotes ?*

Ce n'est plus à la gifle qu'il pense, mais au meurtre. Love Hôtel / Bates Hôtel, l'histoire continue. Il l'entend se sécher les cheveux au sèche-main. Elle revient plus calme.

   - *Pas mal ici, les chiottes sont plus luxueuses que tout notre appart et comme on est deux merdes, deux et demies en comptant junior, on pourrait autant vivre là.*

Aucune réponse. Il écoute la route et essaie de voir quelque chose à travers le rideau de pluie. Il lui semble apercevoir des phares. Miss se remet à parler, il lui fait signe de se taire ; ce coup-ci, elle se la ferme. C'est bien Kozo. Et en limousine un met de choix.

Avant de descendre, Kozo vérifie qu'il n'a rien oublié. Wilhelm l'attend sur le pas de la porte, il aurait pu venir jusqu'à lui avec un parapluie, il va encore se dégueulasser les pompes, tant pis, il les jettera. Il sourit devant le décor de béton crépusculaire, ça lui rappelle les orgies lycéennes et les profs qu'il avait piégé, suicides en série, manque de classe. Il se demande ce que cette raclure de bidet lui veut, seulement pour la forme, il sait qu'il va lui taper du fric et il lui en donnera juste ce qu'il faut pour qu'il en redemande, il aime le voir ramper. Il ne voit pas l'hystérique de service, elle doit torcher le monstre hybride. Il ferme la portière et se dirige sans se presser vers l'entrée. Wilhelm le laisse passer, regarde alentour et ferme soigneusement la porte.

- *Alors Wilhelm, c'est quoi l'urgence ce coup-ci ? Bébé Alien a une rage de dent ? Pas de quoi payer le médecin ? C'est pas mal ici, ils ont fait des progrès dans les baisodromes, celui où j'ai perdu mon pucelage était plus sordide et la grosse, elle va bien ?*

- *..............*

- *Ben quoi, t'es muet ? Combien il vous faut ? En souvenir de notre amitié, mille, deux mille, trois mille ?*

- *Tout !*

- *Quoi tout ? Tu rêves !*

- *T'as bien entendu, tout, tout ce que tu as, tout ce que tu nous as pris, tout ce que tu as malé sans payer, tout, tout.*

Kozo entend un bruit dans le couloir, il a à peine le temps de se retourner que la Miss édentée, se jette sur lui en hurlant : « Pognon, salaud, pognon, salaud » les seuls mots qu'elle sait dire. Il tente de la repousser, il trébuche et s'étale. Wilhelm est au-dessus de lui :

- *Alors fumier qu'est-ce que ça fait d'être allongé sur le sol crasseux ?*

Miss est hors contrôle :

- *Tue-le cette ordure, tue-le si t'as des couilles, tue-le !*

Dernier flash sur néon pisseux, pic à glace et le sang gicle. Exit Kozo. Miss et Wilhelm sur son corps entremêlé. Une fin d'orgasme sur typhon enragé.

Table des matières

Les Éditions du Désir
http://editionsdudesir.fr
contact@editionsdudesir.fr

Pour une lecture enrichie
http://editionsdudesir.fr/enrichi

www.ingramcontent.com/pod-product-compliance
Lightning Source LLC
Chambersburg PA
CBHW060054260626

47160CB00005B/1678